ROMANZI E RACCONTI

Maria Castellitto

menodramma

Marsilio

Prima edizione: gennaio 2023
www.marsilioeditori.it

MENODRAMMA

alle mie amiche e a quelle che incontrerò

Prologo

Un pazzo si agita. Fa roteare due grandi ventagli rossi. Con enfasi da mago, crea un vento invisibile e inquieto che prima del suo arrivo non c'era. Sembrano i ventagli di una nonna ma il pazzo è giovane, avrà la nostra età o forse qualcosa in più. Anche il vestito è rosso, interrotto da un cinturone nero con borchie luminose, sembra la divisa di uno strano soldato o di un assurdo pagliaccio. Sostiene di discendere dalla Santa Inquisizione. Sembra crederci davvero mentre lo urla, come un bambino crede a una favola nell'iniziale allenamento alla menzogna che tutti noi abbiamo dovuto subire, prima di sapere cosa fossero la resistenza alle bugie e la ricerca delle verità. Ora che dovremmo saperlo, poco ce ne frega di resistere e non ci impegniamo a ricercare; non ci resta che osservare il pazzo, i suoi occhi tristi e vuoti che guardano tutti senza vedere nessuno. È inferiore a noi, perché studiamo, perché sappiamo rispondere a un buonasera, perché sappiamo comportarci e confonderci. Perché ancora conserviamo pudore e speranza. Ma qui, proprio qui, tra i composti, si potrebbero nascondere futuri assassini, e allora pazzo ti sfiderei a farmi vedere una foto di te da bambino. Chi l'avrebbe mai detto che ti saresti ritrovato vestito in questo modo, con la testa in frantumi, a sragionare? Pazzo, diventa il terremoto, strappaci le maschere, violentaci le certezze, leggici i pensieri, quelli più sozzi e meschini. Lasciaci il dubbio su chi sarà il prossimo. Metti ognuno di noi di fronte al pazzo che potremmo diventare, mettici in imbarazzo!

Come andò a finire col pazzo, che per inciso tirò fuori una mannaia, interessò nessuno, annoiò persino chi scrive. Questo era l'inizio del mio primo romanzo incompiuto, senza titolo. Avevo vent'anni e il mio giovane genio era uno scorbutico fannullone. Veronica avrebbe poi detto che faticava a ricordare, che aveva la memoria di un vecchio bavoso ma che quella notte l'avrebbe ricordata per sempre. Il ricordo di quella generazione è ancora un fantasma che si aggira tra i muri dell'università più inclusiva, folle, ammaliante e progressista dell'Inghilterra: la School of Oriental and African Studies. L'obiettivo era decolonizzare le menti, spesso sputavamo su quel tramonto che è l'Occidente, a cui dovevamo tutto. Contro il consumismo mangiavamo il cibo scaduto dell'Hare Krishna e accettavamo il mal di stomaco. Suonavamo i tamburi, ballavamo a piedi nudi sui prati, ogni giorno era venerdì, arroganti e viziati, rabbiosi e indecifrabili. Né uomini né donne: contraddizioni senza ammetterlo. Detestavamo i soprusi dei potenti, amavamo i barboni e i *limpiadores*, combattevamo gli stronzi ed eravamo i più stronzi di tutti. Finivamo sui giornali perché imbrattavamo vecchie statue. Un cazzotto al professore durante un picchetto, Marx citato sugli striscioni che segnavano l'inizio dei cortei più rumorosi. Alcuni figli della Londra bene, alcuni figli di celebri conservatori che rinnegavano i padri e facevano i fricchettoni. I loro cognomi noti assicuravano titoli di giornale, specie nei fortunatissimi casi di brevi arresti, brevi perché i soldi erano deprecabili in generale, amatissimi per le cauzioni. Il tempo che non si ferma, lì si era fermato. La storia che forse è finita, lì si ripeteva. In quelle facce buone e pure, tronfie e moralizzatrici. In quelle facce che avevano sempre ragione, in quelle facce da dimenticare. Nella mia faccia da dimenticare: ero quella che ero, quella che non sono più, sipario sulla nuvola bianca.

Parte prima

I

Non so chi per primo mi abbia detto: «Tu puoi fare tutto.» Oggi, a ventitré anni inoltrati, mi accorgo di non aver fatto nulla o quasi nulla di quel tutto. Ed è qui la mia vecchiaia nella giovinezza, se è vero che la vita sta in quello spazio tra quanto ci eravamo immaginati e quanto poi è successo: profezie smentite dalla storia che non sente ragioni, il mio futuro che della vita conserva il segreto e della morte già nasconde il sorriso.

Evelyn si mangia le unghie davanti al computer, poi il figlio combina qualche casino a scuola e lei chiede di poter andare via, tutta preoccupata. Martin acconsente. E ora si sfoga con me. Si innervosisce della sua stessa comprensività, della sua gentilezza che non gli ha mai permesso di fare la scalata. Il palazzo di questa casa di produzione è un enorme grattacielo, ma Martin ha ancora soltanto un pezzetto di scrivania. Il capo non lo riconoscerebbe se lo incontrasse per strada, mentre riconosce me perché ha cenato più volte a casa mia, a Roma. Forse Martin mi odia e neanche lui lo sa. O forse lo saprebbe anche, ma non vuole permetterselo. Sarebbe ingiusto odiare una come me. Così affabile, sempre pronta a sorridergli e ad ascoltarlo. Così brava a fingere di rispettarlo.

Stritola una pallina antistress, legata a un filo, annodato a sua volta a un bracciale che tiene al polso. Il gesto è accettabile: distende le idee. Nei film americani le si vede nelle redazioni o persino tra gli squali di Wall Street. Ma quel filo è orrendo e andrebbe bruciato. Quel bracciale è quanto di meno virile possa esistere al mondo. Quella pallina è stata comprata in farmacia, prescritta da uno psicologo, la società è malata!

Non so chi per ultimo mi abbia detto: «Tu puoi fare tutto.» Non lo ricordo più e allora affogo nel mio niente. E bevo il caffè amaro. Dopo la sigaretta nel vento crudele di gennaio, torno a sedermi accanto a Martin.

Qui dentro sono stata programmata per leggere sceneggiature scritte dai più giovani, e i più giovani li odio perché non sanno scrivere. Le nuove proposte, le nuove leve, le nuove merde. Nella mia bolla mi agito e non sento il tempo passare. Chiudo gli occhi un secondo o due, le storie degli altri mi stanno divorando. Si ruberanno tutto, anche il caffè. Fingo di fare delle ricerche. Annaspo nel web. Che brutta parola: web, che bella parola: annaspo.

In realtà non tutti non sanno scrivere. Purtroppo. Quando leggo un'ottima sceneggiatura, per cui si dice che è una «cannonata» o «oro raffinato», l'euforia che avevo all'inizio ormai ha lasciato il posto alla frustrazione che inquina ogni parte della mia anima.

Saper discernere una persona sana da un pazzo. Questo era il requisito per il mio lavoro. Questo è stato il modo furfante con cui il produttore, amico di mio padre, ha cercato di rendere interessante un lavoro da segretaria, da dattilografa, da impiegata. Io però sto bene qui, raccomandata ma meritevole. Io sto bene qui e me lo ripeto fino a stare male.

Faccio una battuta, Martin ride di gusto. La sua barbetta incolta, i suoi occhiali da vista che si riaggiusta in fretta. La sua faccia inglese anonima, i suoi quarantacinque anni da persona perbene.

Io sorrido come una santa o una bastarda e torno a lavorare. Ma lui si alza e con timidezza dichiara d'essersi innamorato di me, e come un pazzo di essere pronto, nonostante la differenza d'età, a lasciare la compagna con cui convive da circa dieci anni. Si sarà deciso in quel momento, per quella battuta, per quel sorriso. Basta poco, si sa, e Londra è un frigo vuoto, una catena di catene, un porto impersonale. La prima che sembra dolce, e quasi esotica, ti può far credere che, in fondo, non è stato tutto vano. Ritrovarsi ogni sera nella stessa metro gremita di persone e topi, oggi ha avuto un senso. L'innamoramento fermo e gelido. In movimento e caldo. Già passato. Era qua, non c'è più. È successo, il taglio è stato inciso. Sarà un ricordo annacquato o uno scherzo. Il taglio corre. Irrintracciabile, osceno. Prevedibile, troppo veloce.

Sbatte sul tamburo della mia lingua asciutta la mia totale incapacità di proferire parola. Che un Dio ci veda e interrompa adesso il suo batticuore senza speranze, che ci riporti alla vita o alla sua pantomima. Che Martin possa essere adesso colto da un infarto, e morirmi davanti, senza che io debba rifiutarlo.

Invece si risiede al suo posto, con le sue tenere guance arrossate. Dopo averlo ringraziato e avergli fatto qualche complimento, gli dico che, però, si rivelerà la scelta migliore per entrambi, non mischiare la vita privata con il lavoro. Lui annuisce almeno sette volte di fila, come un bambino in attesa di scappare via dalla maestra che lo sgrida senza un motivo preciso picchiando retorica sulla sua povera schiena innocente.

L'impasse è stata superata e credo di essere riuscita a non traumatizzarlo. La mia recitata disinvoltura nel rispondergli ha portato il suo gesto su un piano naturale. In effetti, in un mondo normale, non avrebbe fatto nulla di male. Nella società contemporanea, invece, esporsi sentimentalmente dal vivo è un attentato.

Avrei potuto essere più cattiva: Martin, io e te non abbiamo un futuro. O più sincera: Martin, io non ho un futuro. Il futuro è carta straccia di promesse irrealizzabili scritte da fantasmi e messe in bocca ai politici, e io, Martin, non voglio sapere chi altro ancora mi dirà: «Tu puoi fare tutto.» Non vedo davanti a me una prateria o una pagina bianca. È già scritto, il futuro, ma che segno beffardo; io non riesco a scriverlo. Quindi non sono più un'aspirante scrittrice, sono un'aspirante suicida.

C'è poco da rimpiangere, Martin. Ti deluderei come ho deluso Nico. Tu non ci crederesti. Tu mi hai detto la frase più toccante che mi sia mai stata detta: «I tuoi occhi sono carta assorbente e sento che con te nessuna parola cadrebbe nel vuoto.»

Le cose, buon Martin, quando accadono sono sempre meno potenti di quando ce le siamo potute soltanto immaginare. Questo pensiero l'ho avuto ieri mattina mentre puntavo lo sguardo sul pavimento a piastrelle di una lavanderia a gettoni. L'odore del detersivo si sperdeva e aveva la meglio quello delle schifezze che le cinesi accanto a me stavano mangiando. Il rumore metallico delle lavatrici non mi distraeva dal suono terrificante di quelle bocche che deglutivano. Eccomi qui, come ogni domenica mattina, a osservare il roteare delle mie lenzuola nell'impazzito moto a trottola di una falena a contatto con la luce di una lampadina. Oltre la porta a vetri, la città della frenesia: corrono gli ereditieri e gli schiavi di tutta Europa senza guardarsi negli occhi, i primi per un brunch, i secondi per un lavoro. Se noi non siamo né gli uni né gli altri, chi siamo? Non sembra esserci nulla degno di nota nel mezzo.

L'identico pensiero torno a doverlo riaffrontare ora, mentre lentamente mi sembra di morire sul ciglio della mia scrivania in disordine puntando lo sguardo su uno schermo indifferente. Correggo la sceneggiatura di un film sulla prima grande guerra. Devo accertarmi che le date siano giuste e che i fatti storici rispondano al vero. È la storia dell'ufficiale inglese che, mosso da pietà, abbassò il fucile e risparmiò la vita a un soldato austriaco trovato sotto cumuli di neve. Il giovane graziato poi si è fatto conoscere; fallì come pittore ma ebbe successo con un libro, il *Mein Kampf*.

Devo accertarmi che non si capisca che chi sta correggendo preferirebbe impugnare un'arma e non un mouse. Sono lontani i volti degli arditi, l'epica è stata annientata. Non ho in mente nessun grande gesto, nessun grande errore a fin di bene. Mi vedo superata da bambole corrotte, da piante rampicanti o carnivore che non conoscono la paratia dell'imbarazzo e cavalcano l'orrore silenzioso del nostro tempo.

È lontano il Botto. Nico era ossessionato dal Botto. «Per fare il Botto» mi spiegava, «bisogna bruciare le tappe.» Ipotizzava scenari economici che raramente si avveravano, voleva essere il nuovo Michael Burry e residui di futuri in cenere si ammassavano sotto i suoi occhi castano chiaro. Mi piacevano anche le sue occhiaie. Per incoraggiarmi a fare anch'io il Botto mi invitava a paragonarmi a una bottiglietta d'acqua: «La stessa bottiglietta d'acqua in un supermercato costa venticinque centesimi, in un aeroporto può arrivare a costare cinque euro. Questo vuol dire che ogni luogo dà un valore diverso alle cose e che non ha senso sentire di non valere nulla, basta trovare l'ambiente adatto in cui esprimersi.» Peccato che dopo avermi riempito lo stomaco di fiducia. Fiducia nel mondo, nel futuro. Fiducia in me, ragazza che scrive e che scrive perché sospetta della sua fiducia. Ecco, peccato che una sera mi abbia detto: «Non voglio usare mezzi termini, mi aspettavo di trovarti più sensuale.»

Poteva usarli i mezzi termini, lo stronzo. Non nego di aver pensato prima di ucciderlo e poi di uccidermi. Il vento di dolore proveniva da Mosca e pretendeva una profondità di sentimento che lui aveva voluto eludere. Londra mi sembrava più vasta e più gelida di tutta la Russia. L'ho visto partire per le palme opalescenti della California, nella misura in cui l'ho immaginato. All'economia ha preferito la sua altra grande passione: il surf tra le onde alte dell'oceano, o il surf sulle biondine.

Appunto sulle note del cellulare «Che noia la California». Penso che potrebbe essere lo slogan punk di una maglietta. Non tutto, ma potrei fare magliette. Sarebbe certamente più creativo delle mansioni che svolgo qui.

Sciolgo sotto la lingua, senz'acqua, il Lamictal. Una caramella qualsiasi che si prescrive ai bipolari e agli epilettici. Io non sono né l'uno né l'altro, ho soltanto grandi sbalzi d'umore e il privilegio di avere un amico rinchiuso in una clinica psichiatrica che, sottobanco, mi passa qualche medicina.

Annuisco ai vari «Sei sul pezzo?» che ricevo da Hugo. Indossa il suo solito collo di lana blu e ha le basette rock alla Elvis. Ora ha gli occhi gonfi, è stato in bagno per più di mezz'ora e credo abbia pianto. I miei capelli coprono gli AirPods e mi permettono di dare l'impressione dell'efficienza. Invece «Parliamo di calamari, un mollusco eccezionale che si può mang», scrollo, il trailer di un brutto film, scrollo ancora, un balletto insensato che dovrebbe farmi ridere, scrollo, peli sotto le ascelle di una modella, scrollo ancora, una notizia assurda: «Turchia, ubriaco si aggiunge alla ricerca della sua scomparsa, non si rende conto che», scrollo ancora. No, quanto ancora mi manca per farmi scoprire? Poco, allora chiudo Instagram. Passo a YouTube, le registrazioni delle chiamate dell'11 settembre: tutte uguali nella calma rassegnata e nei contenuti, tutte diverse perché ognuno ha la sua storia. «Mamma, ti amo, di' a tutti che vi ho amati», «Tesoro, non ti dimenticherò mai, bacia i bambini». Poi attaccano, poi muoiono. La vita si riduce a composte dichiarazioni d'amore. Quanto ancora mi manca per farmi scoprire? Nulla, allora abbandono YouTube. Immagino con affettuoso distacco una ragazza leggere la mia notizia: «La figlia del regista Vittorio Solenni si è gettata nel Tamigi dal Blackfriars Bridge a soli ventitr», scrolla anche lei: «J.Lo consiglia alle donne di essere autonome economicamente.»

Ho bisogno di un altro caffè. Chiedo a Hugo e a Martin se ne vogliono uno, mi dicono di no. Raggiungo la macchinetta. Mentre osservo la retta linea del caffè scendere nella mia tazzina di carta, Hugo mi si avvicina dicendo d'aver cambiato idea. Gli passo il caffè che è appena uscito. Mi fissa con le sopracciglia aggrottate e comincia a darsi dei piccoli colpi sulla coscia, seguendo una musica che non c'è e che se anche ci fosse non sarebbe la sua. Credo stia cercando d'attirare la mia attenzione, e per quanto io non sia nelle condizioni di aiutare più nessuno gli chiedo: «Come stai?»

Non mi risponde, capirò poco dopo che è perché in questo momento il corridoio è affollato di passi che vanno e vengono. Colleghi di cui non conosciamo i nomi, ma a memoria ogni loro pregio o difetto fisico. Mi è capitato di incontrarne vari nel pub qui vicino, il venerdì sera, e mai ci salutiamo.

È sceso fuori con me anche se non fuma. Mi dice che oggi ha bisogno di una sigaretta, così gliene rollo una. Fuma come chi non sa fumare, ciuccia il filtrino e non aspira il fumo, stringe la sigaretta come se potesse cadergli da un momento all'altro. Io guardo la strada innevata e provo soltanto compassione. Per ogni impronta che credemmo di lasciare e che è sparita con poca pioggia.

«Non ce la faccio più, mio padre è il malato che mi ha ammalato... Io non ce la faccio più a tornare a casa per sentirmi dire: "Hugo, figlio mio, sono un fallito, tuo padre ha fallito in tutto e gli fa schifo il suo lavoro." Perché il mio futuro deve puzzare del suo passato? Duna, io tra un mese farò trent'anni e non ce la faccio più, mi fa schifo il mio lavoro e mi sento esattamente come mio padre, un povero fallito. Io non voglio fallire, io voglio dirigere un mio film... voglio riscattare il fallimento di quello stronzo pieno di rancore che amo e che amo perché è mio padre... Ma il suo rancore non mi rende libero, mi può portare soltanto a fallire, Duna, io non ce la faccio più.»

Questa giornata sta mettendo a durissima prova le mie facoltà linguistiche. Al fuoco del linguaggio chiedo delle scintille persuasive. Comincio con il dire che la vita è un perdere. Che chi perde è frustrato, e chi vince è finito... ma mi blocco, mi sento perduta come un'analfabeta. Hugo si mette a piangere e le sue lacrime mi consentono di scegliere nobilmente quello che scelse Amleto: il silenzio. Lo abbraccio per circa tre minuti e quando si stacca gli dico convinta: «Non farti abbattere.»

La voce di mia madre anche quando non c'è: «Tu sei un essere superiore.» Ora non so se io sono un essere superiore, sicuramente le persone con me si confidano, o di più: si confessano. Dev'esserci qualcosa di terapeutico nei miei lineamenti o nel mio modo di fare capace d'instillare una certa tranquillità nel prossimo. Non mi stupisce, ma la mia è una calma del tutto apparente: io attraverso almeno una dozzina di conflitti al giorno.

Alle sette e mezza di sera, infilo il mio computer in borsa. Nel tragitto verso la stazione di Russell Square, mi circondano quasi tutti i luoghi del mio periodo universitario. Cerco di evitare di soffermarmici. Ero piena di amici, scavalcavamo a tarda notte i cancelli del Bloomsbury Garden e bevevamo fino all'alba, ammassando gli zaini sulla panchina intitolata a Virginia Woolf dove si dice che la scrittrice sostasse per ore. O ballavamo a piedi scalzi per ogni luna piena sul prato poco verde, detto Green, davanti alla Soas. Ci promettevamo di non tradire l'infanzia, di sovvertire la moda. Sembravamo sfidarci a chi trovasse la promessa più forte. Ora ognuno ha preso strade diverse, ma anche quando capita d'incontrarsi, l'atmosfera non è la stessa, perché non capita mai d'incontrarsi tutti insieme e soprattutto non può più capitare d'incontrarsi a vent'anni. Smetto di pensarci; non voglio in alcun modo cadere in quel tranello insopportabile sugli anni migliori della vita che dovrebbero esistere a priori. Diciott'anni li hai solo una volta, poi vent'anni li hai solo una volta. Vero, verissimo, falso. Chi te lo dice non li ha avuti mai.

Trascino il mio corpo, con le mani che congelano anche dentro le tasche della giacca. E avverto il timore di toccarmi le spalle; le scoprirei scoperte e ferite, senza saper indicare il pugnale che mi ha colpita, come una testimone inattendibile della mia sofferenza. Allora preferisco guardarmi attorno: luci ovunque e le doppie frecce lampeggianti di una Lamborghini nera appostata vicino al marciapiede, da cui scendono un uomo in giacca e cravatta con la faccia torbida da bandito legalizzato e una donna esile ma volgare con le natiche rifatte all'infuori come quelle naturali delle africane. Guardo in basso: la neve sulla strada ha molto di precario, presto sarà solo fanghiglia. Mentre qualcosa di definitivo, una condanna a morte o un'imperitura libertà, si trova nei volti emaciati dei senzatetto che sbucano dai loro sacchi a pelo forniti dallo stato, che quindi si dice essere funzionante. Stanno appiccicati ai muri come muschio nel riverbero del circo urbano, insieme a birilli di alcol da tirar giù e ai loro cani fedeli, a cui non verrebbe mai in mente di barattare vecchie carezze e croste di pane sotto le intemperie con quella Lamborghini.

Esibisco poca pazienza per chi si fa cogliere impreparato ai tornelli della metro: le debuttanti al ballo londinese, i turisti, i principianti. La loro fame che Londra affamerà ancora di più. Piazzo con velocità l'Oyster Card sul sensore. In metro, mi guardo nella fotocamera dell'iPhone. Non mi piaccio. Sembro un cadavere, fingo di prendermi cura di me e coloro un po' le labbra.

La stazione da cui esco è uguale a come posso immaginarmi un collegio per soli ragazzi in qualche posto sperduto del mondo. La sua imponenza varca la soglia della mia solitudine ma non trova un significato. Percorro Marylebone Lane, che prima d'essere una strada era il corso di un piccolo fiumiciattolo. È tutto in perfetto ordine. Nei pub c'è poca gente, si affolleranno il venerdì. Le hall che si intravedono di alcuni alberghi sembrano diamanti e mi sussurrano: hai il bisogno disperato di un uomo con cui passare la notte in una delle nostre suite.

Nessuno mi disturba, anche se incontrare matti per la strada è quasi una prassi: rughe livide che ti chiedono del whisky, espressioni violentate da chissà quali abusi, farneticano, giurano d'essere stati forti come samurai, soffocano i loro passati nel vento.

Attraverso le tende rosse scorgo il profilo di Veronica, assorto nelle luci calde del ristorante. La raggiungo al tavolo di legno scuro apparecchiato per due. Le chiedo di non muoversi. Sposto leggermente la bottiglia di vino bianco che lei ha ordinato nonostante qui si possa mangiare soltanto la carne, fino a inglobare il suo volto perfetto eppure autentico. Le scatto una fotografia. La cameriera bionda si affretta a farci la solita domanda: «Sapete come funziona?» Sono all'incirca quattro anni che frequentiamo questo locale, non chiediamo sconti, ci facciamo andare bene i sorrisi distanti e professionali, ma, se è troppo pretendere d'essere considerate clienti affezionate, vorremmo perlomeno essere considerate persone che sanno come funziona.

La cameriera non ha colpe, è nello stadio più avanzato dell'automatizzazione. Secondo Veronica, invece, di colpe ne ha. Sostiene che le mie teorie sull'ingranaggio e su Londra in generale siano soltanto cazzate di chi si è laureato in filosofia. Veronica è sicura che la cameriera voglia provocarci intenzionalmente.

Funziona che il menu è fisso: un antipasto di insalata verde condita con vinaigrette alla senape e noci, a seguire patatine fritte e l'entrecôte ricoperta da una buonissima salsa di cui non dicono gli ingredienti, limitandosi a chiedere informazioni su possibili allergie; soltanto il dolce lo si può scegliere, e noi scegliamo il crème-caramel.

Non ci sconvolgono i suoi capelli metà rosa e metà blu, ma quello che sta dicendo. Una ragazza accanto a noi impugna tremante il telefono per leggere un messaggio alle sue amiche: «Caro Anthony, io sognavo un amore fiabesco. Un amore che durasse per tutta la vita, un amore che mi fecondasse almeno quattro volte. Io con te ho sognato una casa piena di gattini e bambini. Io per te avrei ucciso dei gattini e dei bambini, nel senso che io per te avrei commesso i crimini più atroci. Ma tu, Anthony, sei soltanto un cuore arido e merdoso.»

Cerco di trattenere le mie risate perdendomi negli occhi liquidi di Veronica, incorniciati da una calcata matita nera nella riga. Mi consegna quel suo sguardo, quello dell'occhiolino senza movimento di palpebra. Un vapore d'acqua sulfurea che in un secondo annebbia tutte le altre facce e mi lascia beata nel tempo di un brivido. Il brivido di dimenticarvi tutti. Sfida la beatitudine, voltandosi verso il tavolo delle ragazze: «La mia amica è una scrittrice.» La ragazza del messaggio sembra essere interessata: «Posso leggerti una cosa che ho inviato a un ragazzo?»

«Non sono una scrittrice, e se l'hai già inviata non ha senso.» Chino la testa per tagliare la carne. Veronica sbuffa e io provo per lei un sentimento indefinito non distante dall'amore e vicinissimo all'odio. Ora che ho finito di cenare, invece, riesco a dare un nome ai sentimenti che sto provando: un misto di nostalgia e di rancore, quindi infine tenerezza.

Nostalgia per la nostra amicizia che non si può ripetere, se non sotto le mentite spoglie di una mia farsa non più divertente. Veronica non ha cenato con me questa sera, ma se ci fosse stata non sarebbe andata troppo diversamente da come ho voluto immaginarmela. È meno triste del previsto: non ero sola, con me c'era Gaya.

Rancore per la fine che ha fatto. E tenerezza per noi che atterravamo a Londra. Ancora giovani. Di una giovinezza che speranzosa ci si sedeva dinanzi o ci passava accanto, destinata a passare. Non essere più giovani. Com'è possibile vivere e non essere più giovani? Questa domanda si stagliava come luce nel buio ma non illuminava risposte giuste. Questa domanda si inabissava come un tramonto veloce all'alba lenta dei nostri diciannove anni, e da quel giorno non avrebbe più smesso di torturarmi. Quel giorno scopro un mio dramma: la nostalgia del presente.

La serata stava per portarmi allo sfinimento ma si è rivelata, tutto sommato, piacevole. Gaya è simpatica perché non si offende mai e può essere insostenibile perché non si arrende mai. Quando ha per la testa un uomo, lascerebbe un'amica morire per strada. Non rimane uno stanzino vuoto nel suo cervello, da mostrare cortesemente agli ospiti e dire: ecco, lasciate pure le vostre giacche. C'è spazio solo per un ragazzo che diventa un gigante. Fa bene a salvaguardarsi, troppe giacche d'altri si sono ammucchiate nella mia testa. Ha fatto male, questa sera, Gaya. Mi ha parlato ininterrottamente di un certo Oliver. Invece di una litania sull'assenza di mistero nella società della trasparenza, ho sorriso all'elenco delle cose che Gaya già sa di lui e ho commentato soltanto su richiesta.

«Oliver, guardalo. L'ho conosciuto su Tinder. Ti piace?»

«Bello.»

«Quando ci siamo visti lui non poteva saperlo che io so tutto di lui, so che il suo migliore amico si chiama Luke, so che ha un pitbull, so che adora i cani, so che ha studiato business a Lse, che i genitori sono divorziati, che il padre vive in Brasile con una del 2000, e la madre a Bristol con dei pappagalli. So che sua sorella fa la speleologa. Duna, tu che scrivi, sai cosa fa una speleologa?»

«Non scrivo più, comunque una speleologa è come una scrittrice, esplora caverne sotterranee.»

«Benissimo... So che suona il clarinetto, so che vendeva l'ecstasy, ha avuto un periodo un po' criminale... So che ha fatto uno stage al parlamento europeo e che adesso è disoccupato. So che ha una corona tatuata sotto la pancia che non ha. Perché, scherza con gli amici, poi le dà lo scettro.»

Qui ci siamo messe a ridere, e sulla strada verso il mio appartamento in affitto non ho creduto che fosse arrivata la notte esatta per raggiungere il Blackfriars Bridge e buttarmi di sotto.

In camera sono tornata a sentirmi disperata con il bisogno di stare in una culla, mamma dondola, o con il bisogno di stare in una tomba, mamma portami i fiori. Mi sono rigirata tra le coperte e mi sono abituata al buio. Non è mai lento il passaggio dal non vedere nulla al saper riconoscere ogni angolo. Ci si abitua facilmente al buio. Non mi sono addormentata prima delle quattro del mattino.

2

Avere sonno e immettersi nelle strade di Londra è un grande azzardo. Il cielo, oggi, è una misera tovaglia grigiastra. Il vento freddo mi ferisce la pelle e mi screpola le labbra. Quando respiro la mia nuvoletta di fiato si unisce alla nebbia nella troposfera e ai fumi caldi che escono dai bar. Stavo per diventare l'ennesima ciclista investita da un autobus; sono immensi e non frenano mai, neppure in curva.

Ho creduto che sarei stata accoltellata dallo strano tipo che mi si è avvicinato soltanto per chiedermi un'informazione sull'apertura della National Gallery. Questo perché qualche giorno fa sull'*Evening Standard*, che ogni volta cercano di propinarti quando entri in metro, una statistica affermava che Londra sta diventando la città degli accoltellamenti per eccellenza. Nella zona di Bloomsbury, il palcoscenico perfetto si è rivelato essere il Brunswick Centre, una piazza rettangolare da villaggio in cemento; una sorta di centro commerciale diffuso, ma quando calano le luci l'architettura brutalista non stimola sentimenti gentili.

Dalla vetrata di Pret a Manger, mentre bevevo il mio cappuccino con la schiuma bucata e mi veniva da piangere per la schiuma bucata, ho osservato una ragazza montare il suo banchetto religioso: ha ricoperto un tavolino di plastica con un telo rosso, sulle gambe del tavolo ha crocefisso due cartelli: IN PRINCIPIO ERA IL VERBO, FERMATEVI E ASCOLTATE IL VERBO DI DIO. Sul tavolo ha posizionato una decina di Bibbie.

La mia bicicletta era incatenata alla ringhiera alle sue spalle, quindi non ho potuto evitarla. Con aria minacciosa ha cercato di convincermi che sarà Gesù a salvarmi dal decadimento. L'ho ringraziata. Aveva gli occhi infiammati ma pretendeva il Paradiso.

Pedalando, ho ripensato a don José e al fatto che l'assenza di una guerra qui attorno è strettamente collegata all'ateismo, non soltanto religioso, che, ormai, pervade ogni azione. Così come questa non è una società pacifica, perché ogni giorno uccide il sacro.

Saluto il portiere della clinica psichiatrica con timore reverenziale. Non vorrei essere fraintesa, ma io in ogni portiere vedo un potenziale aguzzino. Non ho mai conosciuto un portiere che mi sembrasse, fino in fondo, nella sua interezza, una persona perbene.

La clinica psichiatrica mi mette in uno stato di profonda inquietudine. Gli occhi irrazionali dei giovani che soggiornano qui dentro sono pieni di dignità, ma sono anche spilli pronti a bucarmi. E i loro pensieri, il più delle volte, sono gomitoli che si disfano da soli, senza una vera forma, ma quando li formulano si credono geniali. Geniali e incompresi. La malattia mentale, tra le apparizioni della follia, ha smesso di affascinarmi. Tutto, qui dentro, è il ricordo di un dolore intenso che ancora lacera.

Una ragazza cammina intonando la sigla di un cartone animato e stringendo al petto il peluche di un bassotto verde. La folta peluria sopra il labbro superiore destabilizza un sorriso adorabile. La maggioranza dei pazienti in cura ha in comune due traumi: la fine dell'infanzia che coincide con l'inizio dei peli, l'insofferenza alla grande ipocrisia e nel tentativo di disvelarla sono impazziti.

La fine dell'infanzia e la grande ipocrisia come fonti di angoscia mi riguardano, ma continuo a non sentirmi una di loro. Sono una visitatrice. La mia follia è lucida.

La finestra è spalancata ma la stufetta è accesa alla massima temperatura. Il ventre si è gonfiato per via dei farmaci ma Alexander continua a portare i consueti abiti e, questa mattina, indossa uno smoking. I suoi capelli rossicci sono tirati indietro con il gel, i piccoli occhi verdi si illuminano, ingiallendosi, ogni volta che mi vedono. Mi sento una persona utile soltanto con lui.

Sulla scrivania ci sono un vecchio iPad, su cui guarda esclusivamente i film con Robin Williams, e un centinaio di quaderni chiusi. Alex non fa leggere niente a nessuno di quello che scrive. Mi è dato sapere che scrive principalmente aforismi e li scrive per scriverli, senza doppi fini.

All'indice ha sempre il suo anello d'oro con incastonato il blasone del casato di Alessandro Magno, da cui sostiene di discendere. È un suo cugino, dice, e fantastica sui gradi che li separano. Metterlo in discussione è sconveniente, la sua regola è: chi chiede a un pazzo se è pazzo, è pazzo.

È l'unico ad aver letto il mio romanzo incompiuto e quelle pagine, che per me puzzano di morte, sono fisse sul suo comodino: non una goccia di una qualche bevanda le ha sporcate, e non una pagina è stropicciata. Spesso mi dice che «una penna» come la mia dovrebbe scrivere per il *New York Times*. Io do ragione al suo distacco dalla realtà e un po' mi intristisco quando mi ricordo di avere già rinunciato al sogno.

«Contro il logorio della vita moderna.»

«Una crociera?» tento.

«No, Cynar, un liquore italiano a base di carciofo.»

«Vai avanti!»

«Le impronte digitali non indicano chi siamo veramente, il dna non fa capire perché siamo diversi gli uni dagli altri, il timbro della voce non dice nulla sulla nostra identità, perché ciò che ci rende davvero unici sono le nostre scelte.»

«Un'agenzia immobiliare?»
«No, Mercedes.» Si gratta le guance. «Assaggia l'arcobaleno.»
«Caramelle o merendine, ma non so dire la marca, vale come mezzo punto?»
«Una cialtroneria senza precedenti, almeno scegli se sono caramelle o merendine.»
«Caramelle.»
«Giusto, caramelle Skittles... *Just do it.*»
«Un grande classico, Nike.»
«*Think different.*»
«Apple.»
«Perché io valgo.»
«Facilissimo, L'Oréal.»
«Per tutto il resto c'è?»
«Mastercard, sto vincendo.»
«Nulla è impossibile.»
«Cazzo, non lo so.»
«Adidas. Lei non avverte ma tu puoi prepararti.»
«Onoranze funebri.»
«Esatto, ma questa non vale.»
«Certo che vale.»
«Questa è mia.»
«L'ho indovinata lo stesso.»

Io e Alexander, ormai, siamo competitivi e ambiziosi soltanto per quei giochi che non cambiano le sorti della nostra esistenza. Ci divertiamo perché entrambi prendiamo molto seriamente il gioco: indovina il prodotto in vendita ma ricorda che il prodotto in vendita sei tu. Alex, oltre a intrattenermi con conversazioni sempre più spostate fuori dal mondo, è un esperto di slogan pubblicitari. Direi il massimo esperto di slogan pubblicitari, se esistesse la categoria. Per i clan scozzesi, sottolinea, la parola "slogan" significava "grido di guerra".

Una sorta di bruma, adesso, gli copre gli occhi, e il suo

sorriso si irrigidisce in uno sdegno. Cambia faccia, mette un velo tra lui e gli altri, quando sta per abbandonarsi alle sue riflessioni spinte.

«Fuori è un gioco al ribasso che abbrutisce, io non ti invidio. Ho voglia di uccidere. Da oggi chi scrive versi di merda sarà ucciso da Alexander, da oggi chi ha fede nel progresso sarà ucciso da Alexander! Mi segui?»

«Alex, tu sei delicato, ed è complicato essere delicati.»

«No, Duna, io ho un farabutto dentro di me. Un farabutto caduto in un pozzo, perché l'hanno distratto le risatine alle spalle o l'ignoto davanti... Cos'avevo nella testa quando ho dedicato alla gente pensieri puri, quando ho creduto che esseri superficiali non avrebbero mai potuto aggredirmi? Confettura di albicocche andate a male? Retrogusto radioattivo dell'infanzia! E ora odio quasi tutto quello che ci circonda. Quindi in testa ho la stupida adolescenza: ogni cosa che amo sento che gli altri la rovinano, ogni cosa che amo sento di doverla vendicare. Se penso a come vorrei che girasse il mondo, ovvero attorno a me, rifiato dall'apnea, riesco a prendermi in giro e mi chiedo: altezzoso come sono, cosa speravo, di nascere prima del diluvio universale? Ma poi torna il farabutto. Represso, sedato, afflitto. Sai come funziona l'ingratitudine?»

«Credo di sì.»

«Ecco, del farabutto che mi abita non posso dire male perché non mi ha mai fatto del bene.»

Quando gli faccio presente d'essere in ritardo lui si scusa per circa dieci minuti. Sa che a me piace essere in ritardo. L'ansia nella corsa, la fantasia dei «Non potete immaginare cosa mi è successo», la scusa da campare in aria.

Sul marciapiede verso il grattacielo, Evelyn mi dà una spallata per superarmi. Non si accorge che sono io. La fretta segna righe sul suo tubino attillato. Trotta con le scarpe da ginnastica, come fanno molte donne inglesi. Ha il paio consono in borsa, arriva in ufficio e le cambia: tacchi a spillo per il boss che non li vedrà, dato che se ne sta chiuso nel suo bellissimo studio in fondo al piano, e lo skyline della città vola incontro alla sua grande vetrata. Io indosso degli stivaletti: con questi cammino o pedalo, e con questi lavoro. Ma ammiro la scomoda scelta di Evelyn.

Ora rovescia la sua borsa sulla scrivania. Convinta come ogni mattina d'essersi dimenticata le chiavi di casa dentro casa. Le ho diagnosticato un disturbo ossessivo-compulsivo. Dei disturbi psichici è il più fastidioso ma il meno invalidante. Tra un pacco di assorbenti per le perdite urinarie e le chiavi che stanno sempre nella sua borsa e non se le dimentica mai, oggi compaiono due confezioni di compresse di litio. Mi ricordano di prendere il Lamictal e lo faccio senza importarmene di dare nell'occhio, tanto nessuno avrebbe il coraggio di chiedermi cosa sia. L'imperturbabilità anglosassone, alle volte, è un sollievo. Mi assicura che il litio è per il figlio, come se avessi uno sguardo giudicante. Il punto è che le inglesi non sono abituate a essere osservate. Non credo di avere nessuna smorfia di indignazione, piuttosto stavo pensando che avrei voluto rubarlo. Sento il bisogno di annebbiarmi l'orizzonte con gli psicofarmaci fino a vivere in una coltre di incomprensione, fino a ingrassare e a diventare tonta. «Cosa le è successo?» chiedono alcuni. «Ah, non si è mai capito» rispondono altri. E c'è chi giura: «Poteva fare tutto, la vita è una bestia.»

Torno a occuparmi della sceneggiatura sulla prima grande guerra e mi rendo conto che mi interesserebbe di più una sceneggiatura su un omicidio di quartiere, ancora meglio di provincia. I piccoli rancori che s'ingrossano letali in buchi di culo dominati dalla noia e dalla prevedibilità. Ventun anni, studiava scienze infermieristiche, era timido e sempre gentile. Gentile anche con le prostitute. Non era mai stato amato, era un hikikomori. Fenomeno sociale, quello degli hikikomori, nato in Giappone e diffusosi a macchia d'olio anche in Occidente. Esercito muto e triste di giovani che si murano vivi nelle loro stanze illuminate dal virtuale. Il sempre gentile di ieri, l'assassino di oggi, non ci sta ad accettare il minimo regolare senza guizzi che lo attende, la forma immobile di una vita che non potrà stupirlo. Si dà un pugno e una carezza, pianifica la devastazione. Infastidito dalla loro felicità, uccide selvaggiamente i suoi ex coinquilini e lancia in pasto al grande pubblico grandi emozioni: la fuga del killer ripresa per sbaglio da una telecamera a lui sconosciuta non conserva alcun elemento della fuga. Barcolla, sulla strada del ritorno, cappuccio in su e abisso sorto. È un imperdonabile, lo prenderanno. Ma se ora passasse una macchina, lo prenderebbe in pieno maciullandogli il corpo. Lui non saprebbe scansarsi, è sopraffatto dalla stanchezza.

Esco a fumare. Se non fumo un pacchetto al giorno rischio di morire. Ora che ci penso potrei suicidarmi in questo modo: smettendo di fumare. Un corteo rumoroso mi scorre davanti per raggiungere il 10 di Downing Street. Conosco per filo e per segno quell'itinerario esaltato fino alla sede del primo ministro. Nel torrente di giovani, occhi vitrei, fumogeni rossi e simboli di pace, cartelli leggermente meno pacifici alzati in aria: BOLSONARO PORCO, MUORI STRONZO.

Protestano perché in Amazzonia stanno bruciando gli alberi. Scatto noncurante qualche fotografia. Per me l'unica gente possibile sono le vecchie alla finestra: testimonio il declino, ne prendo atto ma non ne prendo parte.

Gridano in coro: «Non c'è più tempo!» Inciampo nello sguardo di un vecchio che procedendo nella direzione opposta alla loro sembra detestarli. A lui ne resta poco di tempo, un'espressione saggia prossima alla morte. Lo immagino essere un professore di filosofia teoretica in pensione. Si sta chiedendo: a cosa mi è servito leggere così tanto? Torno a guardare i manichini vestiti uguali. Sono l'apocalisse e per loro c'è sempre tempo.

Penso agli indigeni che respirano nel polmone verde, che resistono nella foresta tropicale. Vorrei truccarmi come un'amazzone, far parte di un popolo primitivo e nudo. Assistere alle evaporazioni dei fiumi volanti. Invece sto qui. E ormai sono compromessa. Dalla città, dai pantaloni stretti, dalle sigarette. Loro gridano: «Sta finendo il mondo!»

È finito il pensiero, il buongusto, il dibattito, l'eroismo, il dubbio, l'umano. Deve soltanto finire il mondo. Ma questo mondo non finisce e continua a superarsi quando andrebbe superato. Ripenso a noi, a me e ai miei amici della Soas. Eravamo identici, anzi eravamo esteticamente più sopportabili.

Vivere al centro di Londra come in una provincia di Londra. È stato un gioco da ragazzi. Una dimensione che ha reso Londra una città docile. Eravamo noi gli animali, e non pensavamo alla morte. L'avevamo raggirata, la morte. L'avevamo ridotta, la grande città. Eravamo riusciti a addobbare la metropoli come una comune, un paesotto sempre in festa. Avevamo abitudini, riti, un linguaggio quasi in codice e, al di là del linguaggio, bastavano gli sguardi. Avevamo lo stesso sguardo, chi era dei nostri, chi non era dei nostri: tutto molto semplice. I nostri sarcasmi si erano, in poco tempo, uniti in un unico sarcasmo, quindi in un'unica sintesi di pensiero. Se ci aveste preso i battiti, avreste scoperto una sola frequenza. Non tante teste, ma un'unica grande mente. I neuroni non bastavano per tutti, qualcuno ne sarà rimasto sprovvisto, qualcun altro avrà preferito fumarseli. Ma era Sintonia. Il collettivo sull'individuale, eppure nessuno sentiva di aver dovuto rimetterci qualcosa di sé. Eravamo vivi di uno stesso vitalismo. Il senso d'appartenenza, il pieno coinvolgimento, bisogna opporsi, bisogna scrivere poesie: c'era così tanto di sincero in quella falsa alterazione della realtà. Ma la nostra meraviglia si rivelò soltanto un inganno dell'insonnia. E la frattura non avvenne con la mannaia, l'atto finale. Neppure un po' prima, con l'*hard picket*, il picchetto duro: la minoranza che votò per cacciare i compagni dell'*hard picket* venne considerata reazionaria ed ebbe vita durissima, ed ebbi vita durissima. C'era una strana oscurità, onnipresente sottotraccia, che in alcune notti ci avvolgeva. Come se un profondo disgusto verso noi stessi e gli altri si dipanasse a una velocità lunare e disperata. Specchi l'uno per l'altro, ci deformavamo a vicenda. Avevamo risposto alla vita con la protesta, diversa dalla lotta, con il sarcasmo, diverso dall'ironia, con l'amicizia, diversa dall'amore. Ci sentivamo diversi, ovvero originali, ma avevamo soltanto provato a fuggire da qualcosa di più profondo. Così scoprivo che nessuno mi è simile e che questa mia condizione è uguale a quella di chiunque altro.

Ho consegnato la mia scheda: sinossi, descrizione dei personaggi, morale della storia, e la morale è sempre la stessa, declinata in vari modi. Ho un meeting con la Bilancia: non si chiama Bilancia, si chiama Henriette e bilancia le sceneggiature. Una figura del tutto nuova nel panorama cinematografico che mi fa chiedere: ma quando, e come, siamo diventati così molli?

A rintracciare il mutamento antropologico ci ha già pensato Pasolini per me. Ha già scritto tutto Pasolini per me. Non mi resta che evitare di fissare l'enorme seno di Henriette che sbuca da una scollatura audace o la forfora che le cade anche sulla maglietta o la lingua che si passa innumerevoli volte sulle labbra fini o la ricrescita bianca dei suoi capelli unti. Devo guardare i capillari rotti dei suoi occhi da alcolizzata.

Sfoglia la mia scheda e scopre che nel film c'è uno stupro di guerra. Dev'essere commesso dai tedeschi bianchi perché il regista è un uomo. Se il regista fosse stato donna, lo avrebbero potuto commettere dei tedeschi neri. Evito di dirle che non mi pare d'aver mai visto nel Deutsches Heer dei tedeschi neri. L'ufficiale inglese, invece, lo interpreterà Bradley Stone. Nero e omosessuale. Le dico che mi sembra una bella idea, ma soprattutto giusta. Mi lascia andare. Il meeting è soltanto di circostanza, io non conto nulla.

Come un robot, mi riposiziono alla mia scrivania. Oggi ho più spazio, e allargo i gomiti: Martin è a fare dei sopralluoghi in giro per la città, la sceneggiatura che sta correggendo è «geograficamente sballata» o, forse, non voleva vedermi. Non mi stupirei se fosse andato a lavorare in un bar. Ho già una nuova scheda da comporre. La sceneggiatura, questa volta, racconta la storia di una ragazza bruttissima che viene rifiutata da ogni uomo esistente. Speravo fosse una commedia nera e che facesse ridere. Invece è una stronzata triste, intrisa di messaggi politici talmente evidenti e banali, lanciati da ogni dialogo, che io mi sento fiera di me stessa a essere il bersaglio che li schiva tutti.

Non saprei dire per quale motivo preciso soltanto ora mi accorgo che è quasi un anno che non vado al cinema. I film li leggo e basta. Le mie tessere del Curzon, del Barbican Centre, dell'Electric, appassiscono dentro il mio portafoglio.

Hugo mi ha appena inviato una mail formale in cui mi chiede se questa sera sono libera per bere una birra insieme. Gli rispondo a voce che sono libera. È da quasi un anno che mi pare di non avere niente da fare la sera. Ma di cose ne avrò fatte. Mi rassicuro dicendomi che le cose succedono quando sembra non succedere mai niente.

Torno a fumare. Poggio la schiena contro il muro, con le gambe leggermente protese in avanti. Una ragazzina in carne, con i capelli bruni resi crespi dall'umidità, rischia di precipitarci. Ho degli ottimi riflessi, le ritraggo. Sta camminando a passo svelto, con quella sicurezza goffissima dei quindici o sedici anni. La madre senza dubbio è divorziata, gli zigomi di silicone e gli occhi tirati da un lifting. Le sue forme ben tenute aderiscono a una tutina flou da yoga, in un certo senso la sto vedendo nuda. Parla al telefono e la rincorre. Si scusa con la persona dall'altra parte della cornetta e urla alla figlia: «Amore, aspettami!» La figlia la odia e non ci sta ad aspettarla. Impone il suo broncio e la sua velocità. Recita l'offesa o non la recita affatto: è offesa nell'intimità. Addipana i contorni della propria distanza, ma da quella madre lì, la madre che le è capitata, dovrà sempre tornare.

Il problema, ragazzina, non è tua madre. Il problema è crescere. Ma quanto ti capisco, ragazzina, quanto struggimento mi ha procurato il tuo jeans troppo stretto, quel non sapersi ancora vestire bene assecondando il proprio fisico, la tua schiena un po' curva nella cavalcata lontana da tua madre. Il tuo corpo che muta e non ti piace come l'oggetto dei miei tormenti passati e ancora qui. Poi una vecchia decide di dirmi: «Gliene ho dette quattro a quel negraccio, non se ne può più!», e già ti dimentico. Poi la sigaretta finisce e dopo averne accesa un'altra guardo il cielo e penso che presto ci volerò. La luna è ancora un'apparizione trasparente. Gravita insieme a noi nell'incertezza. Riesco a riconoscere l'abbozzo della sua solita faccia fessa e credo sia identica alla mia. Non ho più voglia di frequentarmi. Mi infastidisce la sensazione, probabilmente sbagliata, ma esiste, di non avere un inconscio, di aver compreso ogni anfratto della mia mente.

Hey You dei Pink Floyd fa da sottofondo al vociare del pub. Hugo è alla terza birra, e per questa mi chiede cosa ci sia di sbagliato.

«Troppa schiuma» rispondo.

«Corretto, l'assenza di impegno è come la schiuma della birra: tutte le persone intelligenti e creative, birre ben fatte, devono averne almeno un po', ma quando è troppa non va bene... non va per niente bene.»

Non so se sia una frecciatina al mio disimpegno, che da qualche mese credo stia diventando sempre più innascondibile. Proseguo ad annaffiare il mio fegato e vedo al suo interno un eccesso di schiuma. La risacca trascina una stampella ferita: la verità. La gamba menzognera nuota e cerca un motivo. Sono ubriaca, non ha molto senso quello che sto pensando. Eppure i desideri sono limpidi.

Voglio che il mondo mi espella fuori come un file marcio dal computer. Voglio muovermi su una sedia a rotelle o su un passeggino. Quindi non voglio muovermi, voglio essere mossa. Voglio un grande incontro, e al grande incontro chiedere la concessione di starmene lontana da me. Voglio bene a Hugo, ma non rappresenta un grande incontro. Voglio sparire. Invece continuo ad annuire.

«A Londra ci sono quasi nove milioni di abitanti e a tutti è stato suggerito d'impegnarsi. A Londra se ti impegni sali di grado, e tutti si impegnano, dal lavapiatti al banchiere. Così nelle strade c'è sempre un gran trambusto d'alveare e un inconfondibile odore di soldi, poi un giorno ti accorgi che il tuo impegno non è bastato e che da lavapiatti sei diventato cameriere, ma non sei diventato l'attore o il manager che volevi essere. È una truffa, una truffa costruita con impegno.»

Dopo averlo lasciato sfogare per un altro po', gli chiedo se ha voglia d'accompagnarmi all'inaugurazione della mostra di Modigliani alla Tate Modern, spiegandogli che il direttore è il padre di una mia amica. È entusiasta della proposta, poi sembra consegnarmi un'altra frecciatina: «I figli delle persone importanti si conoscono tutti.» Non riesco a decifrare il sentimento stupido che sta provando. O è malinconia o è invidia.

Gaya mi disse chi era suo padre soltanto dopo aver scoperto di chi fossi figlia io. Alla Soas, non avevi alcuna credibilità intellettuale se non appartenevi a una minoranza o se non provenivi da un passato difficile, da un ambiente disagiato. A lei, però, la credibilità intellettuale non è mai interessata, quindi doveva trattarsi di un senso della vergogna più misterioso, più personale.

Hugo si è già ambientato, sta chiacchierando con un gallerista stretto in un elegante completo grigio perla che stringe la mano a una trans appariscente. L'uomo racconta di aver dipinto per trent'anni lo stesso quadro, lo stesso volto di donna, e poi di averlo bruciato. Mi allontano dall'immagine di quel rogo e sento la voce di mia madre anche quando non c'è: «Inserisciti nelle conversazioni, fai amicizia.» Prendo parte soltanto con il pensiero a una conversazione illogica tra un giovane attore e un'esperta di reali inglesi munita di cappellino da matrimonio. Nel frattempo, afferro con scioltezza il flûte di champagne dal vassoio di un cameriere che sembrava correre in tutt'altra direzione. Mi squadra come se avessi commesso un crimine contro l'umanità; tento un pudico brindisi che mi nega con fermezza. Mi sento un alieno.

«Siamo una generazione di egocentrici sconfitti.»

Parla per te, coglione.

«La vicenda di Edoardo VIII è emblematica, abdicò al trono inglese per sposare Wallis che si era formata nei bordelli cinesi, dove aveva appreso raffinatissime tecniche di sodomizzazione; la storia spesso si decide in camera da letto.»

Che novità, scemotta.

«Ma vedi, è qui che ti volevo, noi possiamo scrivere soltanto paginette di gossip.»

Ma tu non vedi che devi parlare per te, coglione due volte.

Li guardo e penso ai cannoni in Corea del Nord. A due cannoni posizionati contro di loro in Corea del Nord. Io accanto a Kim Jong-un dalla parte squilibrata della Storia. Un mio lieve cenno del capo, il mio amico autistico Kim alza il braccio. Sparate.

Non è sana la rabbia contro persone che non mi hanno arrecato alcun danno. Cerco di calmarmi, prendo coraggio e mi inserisco. Penso a qualcosa da dire, guardo l'attore che me la serve su un piattino d'argento come la cocaina che ha inalato.

«Ti sta sanguinando il naso.»

«Oh, pardon, vado in bagno e risolvo.»

Rimango con la donna. Fisso il suo pennacchio di piume finché lei non mi chiede: «Ti piace?» o «Non ti piace?».

Dico: «Mi piace.» La verità non si può dire sempre, a meno che non si voglia perdere la ragione e prendere qualche sputo in faccia.

Torno a starmene per conto mio, dopo aver inseguito il cameriere e bevuto il terzo o quarto calice di champagne ghiacciato. Le perfette bollicine scendono fino allo stomaco, che non si rivolta e sa attutire. Capisco che non si può pensare al suicidio quando nella vita si ha la possibilità di bere champagne. Che ingrata che sono.

Gaya mi chiede cosa ne penso della mostra. Penso che devo ancora vederla. Entro nella prima sala e resto ipnotizzata. Scopro che somiglio a quasi tutte le donne che Modigliani dipingeva nella sua stanza a Parigi, dove mangiava soltanto scatolette di tonno e dal soffitto pioveva l'acqua che lo ammalò.

Adesso io e Hugo stiamo attraversando il Blackfriars Bridge. Sarei pronta a buttarmi se non ci fosse lui che continua a ringraziarmi per la «magnifica serata», e a dirmi che, finalmente, per una volta, dopo molto tempo, non si è sentito solo.

Comincia a grandinare la pioggia. Tira fuori dal suo zaino un ombrello e me lo passa. Gli comunico che potremmo condividerlo, ma lui mi dice che vuole bagnarsi, che vuole sentirsi vivo.

Basta poco a sentirsi vivi e ci si ammazza per niente. Basterebbe ripercorrere l'emozione dell'uscita in anticipo da scuola, quando per una qualche eventualità inattesa mamma mi veniva a prendere e mi portava via con lei. Penso questo mentre mi affaccio alla finestra. La pioggia è già scemata. Un ragazzo indossa una felpa da college, è accovacciato senza grazia sul marciapiede. Stringe un laccio delle Adidas al braccio. Slogan, quindi lettere morte: «Nulla è impossibile.» Si sta facendo una pera di eroina. Non sono gli anni Settanta, è una mia allucinazione o che anni sono i nostri? Avete messo in piedi un sistema che ci persuade a drogarci.

Mi gira la testa e la testa di Sylvia Plath nel forno mi entra in testa. Io non ho un forno, ho una finestra da cui mi affaccio e non mi butto perché sto al primo piano e mi ritroverei soltanto paraplegica.

Se potessi riaffrontare il passato con la testa di adesso, quanto migliorerebbe. E la testa di adesso non mi serve per questo presente vuoto. E la testa di domani sarà sempre la testa di adesso, quella che non avevo quando mi serviva. Questa testa di cazzo che ci portiamo appresso, questa testa di adesso che dovevamo avere ieri. La mia testa è una sacca aperta e una mano dall'alto porta disordine, si ostina a frugarle dentro. Mi chiede di somministrarle terapie farmacologiche. Contro l'insonnia e gli abissi. Viaggia un'aura sopra la mia testa. La mia testa conosce l'ansia del calendario. Ma viaggia un'aura sopra la mia testa. E viaggia eterna? Non lo so. Ingoio cinque pasticche di melatonina.

3

Ho passato mezz'ora sotto la doccia e ho tratteggiato delle grate sulla condensa. Scivolavano addosso, lo shampoo e la vita. Questa vita che non pareggia i conti e se ne fotte. Per un'altra mezz'ora ho tenuto il phon sul petto. Mi rilassa il suo rumore. Si dice ricordi i rumori che sentivamo nella placenta. Quel buio, l'unico di cui non ho memoria, ma giuro che fu dolce stare in trappola e non sentircisi.

Tutto è violento: dalla nascita alla morte. L'ostetrica che ti sballottola a testa in giù e ti lava come se non fossi l'essere più fragile. Pianti e grida per arrivare al giorno in cui sulla terra nessuno ci avrà mai conosciuti. Quel giorno sarà una liberazione. Le nostre vigliaccherie nel dimenticatoio. Quel giorno sarà uno strazio. Le nostre grandezze nel dimenticatoio. Quel giorno non sarà nulla perché noi non lo vivremo. Allora la smetto di pensarci e rispondo a mia madre che mi chiama.

Mia madre ha qualcosa di magico che supera di gran lunga le dinamiche pettegole di un paesino, ha i servizi segreti nel cuore: prima ancora che io faccia qualcosa, lei già lo sa, lei già ne sta discutendo. Ho tentato di dirle che sto benissimo, che la mattina bevo una spremuta e faccio sport, che fumo poco e il lavoro mi ispira. Ma il cordone che ci lega al mondo è più forte d'ogni mia bugia. È il mio umore nel suo: ogni volta che non sono felice, non posso nasconderglielo, e la mia infelicità scatena la sua. Mi ha pregato di tornare a Roma, dice che mi sente «storta» e mi ha chiesto: «Ma non è che ti droghi?»

Seguo su YouTube un tutorial per fortificare i glutei. Uno, due, tre. Su, giù. Abbandono gli squat al minuto dieci su trenta. La ragazza nel video continua a dirmi: «Non mollare.» Sono solo all'inizio di questa giornata e non ho energia. Della mia vita mi sembra sia rimasto soltanto il suono atterrente di quella musichetta d'attesa che parte quando si chiama un taxi.

Fluttuo nell'inconcludenza dei miei principi. Provo un grave senso di smarrimento quando vedo un barbone defecare, con i pantaloni sporchi e calati, nel bel mezzo del marciapiede. Nessuno si scompone, tutti tirano dritto e allora tiro dritto anch'io. Alle mie spalle, la merda.

In metropolitana fisso i mocassini del signore di fronte e lui fissa i miei stivaletti. Poi guardo in alto il cartello con la scritta: STAI GUARDANDO QUI PERCHÉ NON VUOI GUARDARE NEGLI OCCHI DEGLI ALTRI PASSEGGERI. E SE QUALCUNO STESSE MORENDO?

Mi spavento, guardo negli occhi degli altri passeggeri. Non riesco a tollerare l'assuefazione opaca al tormento che scende sulle guance e scoscende fino alle ginocchia. Non riesco a tollerare d'essere una formica in un formicaio sopra un pallino che è un mondo intero ed è un nonnulla considerando l'universo. Si è di colpo popolato, e ormai che ci posso fare. Riguardo il cartello e lo sfido. Esatto, bravo, sto guardando qui perché sono come la vita: me ne fotto.

Sono di ottimo umore. Sono di ottimo umore. Ripeto il mantra. Sorrido al portiere. Faccio i primi quattro piani a piedi, poi prendo l'ascensore per gli altri undici. Sorrido a Evelyn, a Martin, a Hugo. Sorrido agli altri con cui non parlo. Sorrido alla Bilancia. Prendo il Lamictal e lascio scorrere, senza assorbirle, le scene del copione.

Dopo tre ore, esco a fumare. «Archivi radiofonici, deserti di sale, scarabei, amuleti, pratiche dionisiache.» Non rispondo. «Vendo tutto questo io, e il mio nome è King Mob» mi dice. Sorrido anche allo spacciatore. Gli chiedo cosa intenda con «deserti di sale». Sussurra: «Cocaina.» «E per gli amuleti?» Sussurra: «Hashish.» Dovrei considerare un insulto il fatto che lo spacciatore tra i fumatori davanti ai vari uffici abbia selezionato me come consumatrice. Invece ne sono contenta, compro un po' di deserti e un po' di amuleti.

Torno a leggere le avventure della bruttissima, piena di droga nelle tasche. Ora ha fondato un blog per esorcizzare la paura di restare esclusa. Io, al momento, ho soltanto paura che si senta l'odore dell'hashish. E infatti si sente. Hugo mi invia una mail senza oggetto: «Hai dell'erba con te?» Rispondo di no, poco dopo rispondo di sì.

Dopo aver pranzato, fingiamo di avere entrambi una veloce commissione da dover sbrigare. Ci sediamo a gambe incrociate sull'erba umida di Regent's Park, sotto una vecchia quercia. Indosso gli occhiali da sole anche se il sole ci ha sdegnati. Commentiamo i versi striduli dei babbuini dello zoo e dopo aver fumato ci rassicuriamo a vicenda. «No, non sono troppo occhi i rossi» mi dice Hugo senza battere ciglio. «Nemmeno i tuoi occhi sono troppo rossi» rispondo con apatia. «Roba tosta! Sciooopero della sintassi!» urla divertito mentre mi dà una fortissima pacca sulla spalla, e torniamo a immergerci nel grattacielo.

Sento una tensione elettrica e nera che mi sfiora la schiena e non trova la nuca. Hugo dalla sua scrivania mi fa degli strani gesti, con l'indice punta lo spazio in mezzo alle sopracciglia, poi fa due cerchietti con le mani. Capisco di avere ancora gli occhiali da sole indosso, me li levo balbettando uno «Scusatemi».

Martin mi chiede se voglio del collirio. Gli rispondo che

sono allergica sia al collirio che al polline. Lui mi guarda leggermente allarmato e poco dopo si premura di sorridermi. Mentre cerco l'equilibrio per alzarmi, Evelyn si chiede ad alta voce: «È già arrivato il polline?» Nessuno le risponde.

In bagno mi aggrappo al rubinetto e bevo molta acqua. Quando Evelyn entra chino la testa e passo velocemente il braccio sulla bocca per asciugarmi. Ma dalla comprensione di una qualunque madre, se è madre nell'animo, non si riesce mai a fuggire.

«Per voi ragazzi è difficile, molto difficile», mi accarezza.

«Grazie Evelyn.»

«Ma è più difficile la premenopausa, te ne accorgerai.»

«Grazie Evelyn.»

«Molte parti del corpo crollano e le restanti si gonfiano, gli ormoni in subbuglio, l'umore nero... Penserai di non farcela, vedrai un dirupo di fronte a te, ti domanderai: quando è comparso? E penserai: mi butto giù.»

«Ehm...»

«No, non bisogna buttarsi giù. Bisogna difendersi con forza, posizionare le cose della vita al loro posto, avere una gerarchia interiore, avere qualcosa in cui credere e qualcosa da conservare... ma cazzo, è orrendo quello che mi tocca vivere, ti sembro ancora una donna piacente o una patetica carampana?»

«Donna piacente.»

«Però se ci mettessimo in competizione io andrei a perdere... La giovinezza è vistosa anche quando è timida, è impudente anche quando è rispettosa. Quando ero una ragazza e la sera uscivo, mia nonna mi diceva: "Stai molto attenta o finisce che ti ingroppano", diceva proprio così, "ti ingroppano"... Ma perché te lo sto raccontando? Io non sono gelosa, sia chiaro, è che non si può solo sgobbare per poi sloggiare! Ci sono ancora molti desideri dentro di me, irrisolti, brulicanti di vita, di lungomari, di vulcani, di sì, di strade da scoprire, di scorciatoie da evitare, di mani nella notte che mi afferrano da dietro e...»

Si interrompe in preda a un'improvvisa remora e mi informa che ci ha raggiunti in ufficio James, suo figlio. Le dà molti problemi; scappa da scuola almeno una volta alla settimana. Martin si è stranito, ma come al solito ha accettato perché è «un brav'uomo».

«Mio marito è scappato con il suo insegnante di cardiofitness. Disse "Vado in palestra" e non l'ho più rivisto, James aveva quattro anni.»

«Mi dispiace molto.»

Non riscontro più grandi differenze tra la casa di produzione e la clinica psichiatrica. James ha quindici anni e non ha un padre neppure nei lineamenti, che sono identici a quelli regolari di Evelyn. Il pallore del volto è interrotto dai brufoli e lo sguardo, alle volte, si assenta come colto da un fastidio di cui non può parlare. Dopo aver organizzato per terra le carte e aver giocato per due ore a un solitario, ora si siede accanto a Evelyn che lavora. È incantato dagli spessi capelli lucenti della madre, glieli attorciglia dolcemente e poi alcuni li strappa. Quando Evelyn dice: «Ahia», lui risponde colpito: «Scusa mamma.» Trattengo il pianto.

Hugo vomita una poltiglia scura sulla tastiera del computer. James ride, Evelyn si affretta ad accertarsi che lui stia bene, Martin corre in bagno e ritorna con un rotolo di carta igienica. Trattengo il pianto.

La giornata finisce con me che guardo le spalle di Martin. È in piedi, osserva dalla vetrata il rosso del tramonto che scoppia filtrato da una nebulosa viola. Ha le mani sul viso e ora le lascia cadere. Guardo le sue braccia arrese. Senza voltarsi mi dice: «Non abbiamo idea di quante persone siano strafatte mentre parliamo con loro. Il barista, l'avvocato, lo sceneggiatore, il medico, il commercialista, il poliziotto. Qui si drogano tutti. Non iniziare anche tu, tu sei una ghirlanda di fiorellini che soffre il cemento, tu sei una ghirlanda... e io, io ti auguro il meglio.» Trattengo il pianto, di nuovo.

Con gli occhi lucidi, corro fino all'appartamento. I miei stivaletti, picchiando sull'asfalto, echeggiano. Ho il volto freddo, ma io ho caldo. Un grado o due, ma io ho caldo. È l'inverno di Londra nella mia estate. Piango.

Le persone si preoccupano per me. Mia madre ogni mattina mi invia la citazione di un filosofo contro la paura o la stasi. Il suono della notifica mi sveglia: è una frase bellissima, percorsa da una forza sapiente. Quando leggo ho gli occhi socchiusi e la mente ancora atrofizzata. Rispondo con qualche emoticon. Ieri si è sbagliata: «"Cosa ci si può aspettare da un mondo in cui la gente vive soltanto perché non ha il coraggio di suicidarsi?", Arthur Schopenhauer. Scusa, non volevo mandare questa, ma quest'altra: "Una briciola di volontà pesa più di un quintale di giudizio e persuasione", Arthur Schopenhauer.»

Mi guardo allo specchio, pronta a spaccarlo. I frammenti che cadono sulla moquette, nell'immaginazione, decidono di cadermi addosso. Un pezzo di vetro mi taglia il cuore, un altro l'orecchio. Il più piccolo lede le dita e il più insolente riapre la ferita cicatrizzata che ho sul ginocchio. Riapre l'infanzia. Veronica ha il volto abitato da una felicità triste. Un lungo vestito di flanella bianca nasconde il suo fisico atletico; ostenta l'innocenza fino a farmi sentire sporca. Ora un vetro colpisce il neo che ho sull'inguine. Il sangue si inerpica come l'edera, entra nel naso ed esce dagli occhi che sgrano.

«Che ti frega del sangue»: la sua frase d'esordio nella mia vita. Scritta da uno sceneggiatore distratto e affermato. E il regista, poi, che se ne frega del popolo che piange, che vuole fare il suo film d'autore e vincerci i premi, già preparava un finale tragico. Ma è il primo giorno d'asilo e noi non possiamo ancora saperlo. I nostri corpi non conoscono specchi, io sto a terra sulla ghiaia col mio ginocchio spaccato. La sua piccola mano mi viene in aiuto e quando sono in piedi sento per la prima volta la sua risata un po' roca.

Falsa storia quella che i parenti non si scelgono e gli amici sì. Non è sempre una scelta l'amicizia. È stata la mia migliore amica perché quel giorno, quando il mio ginocchio sanguinava, c'era lei. Rivedo suor Benedetta nella sua grossa tenda nera che a ogni passo pulisce il pavimento, minaccia di rifilarci due schiaffoni se non fossimo corse immediatamente in classe. Perché suor Benedetta faceva agli altri quello che non voleva venisse fatto a lei. Veronica si avvicina a me, con le mani chiuse a conchiglia, e quando suor Benedetta è un demone lontano lungo il corridoio, sento per la prima volta una bestemmia.

Mi sdraio sul divano e leggo le prime pagine dell'*Ordine del tempo*. Il tempo scorre più veloce in montagna e più lento in pianura, perché la montagna è un po' più lontana dalla terra. Non è per nulla banale, dovrei approfondire la fisica e passare la notte su questo libro. Ma non riesco a concentrarmi. Mi diagnostico la depressione. La speranza della vita è annientata.

Indosso gli occhiali da sole con la sensazione che il mio presente sia coniugabile soltanto al passato remoto, che tutto questo io l'ho già vissuto. *La terrazza* di Ettore Scola, nella visione sacrificata del mio computer e dello scuro delle mie lenti, è arrivato a quel punto in cui Trintignant si distrugge il dito nel temperamatite elettrico perché non riesce a scrivere sceneggiature comiche. È un film che ho visto più volte, lo interrompo. YouTube mi consiglia cinquantadue minuti di video esilaranti con i gatti o il meglio scelto per me di Fabrizio De André. Prendo la mia decisione senza pormi troppi dubbi.

«*Non fossi stato figlio di Dio t'avrei ancora per figlio mio*»,

«Stasera vi invidio la vita», *«Ci spiegò il meccanismo un poeta andaluso»*, *«Fu un generale di vent'anni»*, *«Tu prova ad avere un mondo nel cuore»*.

E invece tu prova ad avere un mondo nell'ano. Un microfono poggiato sul sedere di un gatto che fa da altoparlante alle sue scoregge. Un gatto che stappa una birra con i denti. Una torta a forma di gatto che viene tagliata in due e il gatto vero accanto si spaventa e scappa. Il gatto senza pelo, il Canadian Sphynx, si ciuccia la coda. È uno dei video più raccapriccianti che abbia mai visto, insieme a quelli dei crimini di guerra commessi dagli americani in Iraq e in Afghanistan, e resi pubblici da WikiLeaks.

Penso a Julian Assange, incarcerato qui a Londra. Penso che odio le ingiustizie. Penso che dovrei incatenarmi dinanzi al carcere di massima sicurezza di Belmarsh, la Guantanamo inglese. O, sempre lì davanti, darmi fuoco. Insomma, segnali forti. Insomma, Duna, fallo capire che non sei d'accordo. Sì, in direzione ostinata e contraria.

Penso che ho fame, vado da Itsu. *Salmon nigiri*, *salmon sashimi*, *salmon tartare*. Povero salmone, la sua fatica bestiale, la sua risalita controcorrente per depositare le uova, permettere il proseguimento della sua specie e morire. Sì, in direzione ostinata e contraria.

Mi sdraio nuovamente sul divano e i contemporanei direbbero che io sto navigando. Cerco «discorsi motivazionali». Mi imbatto in *Non sprecare la tua vita* di Coach Pain. «La vita, com'è bella. Cosa rende la vita così unica e bella?» Il guru elude la risposta, in scorrimento immagini distraenti. Una ragazza fa jogging, un ragazzo fa jogging, una bambina salta la corda, ora è il turno dei paesaggi: cascate, montagne, spiagge... un uomo suona la batteria, il ritmo incalza, «Questa vita a cui ti stai aggrappando temporaneamente, questa vita che ti è stata data, ha molto più significato di quanto tu possa immaginare...», un rave di musica elettronica, un motociclista taglia la strada, persone ridono, persone si abbracciano, «Questa vita ti porterà a dover affrontare molte sfide, alcuni eventi non riuscirai a comprenderli...», un adolescente piange, una donna in camera fissa il soffitto, la musica torna a insistere, i bpm aumentano, una piscina a sfioro, un uomo elegante sale le scale, panoramica sul Grand Canyon, un'indiana prega, una musulmana sorride, le luci di Los Angeles, Coach Pain grida: «Quel momento in cui inizi a sentire che non ami la tua vita, vergognati! Perché la vita è una cosa bellissima!»

È tanta e torna tutta insieme, la voglia di bestemmiare. Mi allontano dallo spazio in cui mi trovo. Sto camminando verso piazza Mazzini. Non ho mai conosciuto tristezza o così mi sembra di ricordare. Ricordo una lunghissima primavera. È la mia adolescenza sul motorino di Veronica. Le inquietudini che vantavo erano del tutto marginali.

Lei non riesce a impegnarsi a scuola e io non riesco a capire come sia possibile. Mi è sempre sembrato facile andare bene a scuola. Lei, invece, è impossibilitata alla memoria e tutto il suo estro lo condensa in uno studiato software da baro. O copia o non si presenta.

Sto camminando e la vedo. Il mio sguardo è l'unico pulito tra i più disparati sguardi maschili che la puntano. La sua spavalderia è in pausa sul sellino. Mi sembra normale che al mondo esistano i suoi capelli biondi, che al mondo esista una esplicita come lei e che una come lei sia sensibile soltanto con una emotivamente muta come me.

Il vento tiepido mi arriva in faccia, stringo le mani sui suoi fianchi. Va veloce. Non ho problemi, o così mi sembra di ricordare. Ricordo una lunghissima spensieratezza. Probabilmente di pensieri ne avevo, ma trascorrevo troppo tempo con Veronica per pensarli sul serio. Pensare è un po' come morire. Se è vero che si muore soli, si pensa soli.

Delle giornate passate lontano dai banchi e dai dizionari, del suo Far West, mi raccontava quasi tutto. Fingeva raccolte firme per i bambini colpiti dal terremoto di Haiti, derubando le vecchiette degli spiccioli della pensione. Un po' per sfregio, un po' per l'erba. Andava a letto con il nostro professore di scienze o con qualcun altro. Del professore credo si fosse innamorata. Le piaceva il cielo: passava ore al planetario, si perdeva nelle riproduzioni dei corpi celesti e del firmamento stellato. Le piaceva il verde: andava a cavallo nel maneggio di Villa Ada e raccoglieva miriadi di pinoli. Sosteneva di voler diventare una veterinaria o un'astronoma, ma non ha mai approfondito e l'unico lavoro che ha fatto, seppur svogliatamente, è stato la modella.

Pennellate di rosa alleggeriscono il cielo. Veronica vuole portarmi a oltraggiare la mia natura, vuole che io bestemmi. Mi conosce e allora sa essere scorretta. Mi costringe a visualizzarla bambina nei momenti in cui Dio la abbandonava.

«A te quella porca di suor Benedetta non ti chiudeva a chiave nella cantina senza finestra. Piangevo, nella cantina senza finestra. E tra le lacrime bestemmiavo. Non mi faceva paura il buio, mi faceva paura l'assenza di libertà. La certezza di non poter fuggire.»

«Per questo oggi sei la ragazza più libera che si possa conoscere.»

«Mi faccio paura, Duna, come se potessi diventare io la cantina senza finestra.»

I quattro orologi visibili da ogni direzione, per chiunque arrivi da cammini diversi, dell'idrocronometro alle nostre spalle non so quali ore precise segnassero. Mi sporgo dalla terrazza del Pincio e bestemmio fissando l'obelisco di piazza del Popolo. In diagonale, fuori fuoco, la cupola del Vaticano. Mi stampa un bacio in bocca per la prova superata e scontriamo le lattine di birra per un brindisi alla nostra amicizia che, a vederla da fuori e ora a vederla passata, toglie il respiro come quella vista su Roma.

C'era qualcosa d'indifeso in quella ragazza troppo bella e troppo ricca. La presunta corsia preferenziale su cui viaggiava la sua esistenza impediva la rivincita. Ma avevamo quindici anni e io sostavo nella sua adolescenza senza risparmi, riuscendo a coglierne soltanto la vitalità. Il planetario, la cantina senza finestra, i parchi: segni che non colpivano un'età superficiale.

Mi alzo per dare tre forti calci al muro e uno strato di intonaco si sgretola in nembi di calce che svolazzano. Mi stringo la faccia e mi do uno schiaffo. Piango singhiozzando, facendo più rumore del dovuto: non c'è nessuno a sentirlo, ma almeno lo sento io. Per scaricare l'irrequietezza, cammino, cammino. Prima su e giù, poi in modo circolare, rimpiccolendo ogni volta il cerchio che sto seguendo nella mia testa. Sto nella morsa di una rotonda senza uscita e sbatto contro i pochi mobili che mi circondano.

Fisso la porta chiusa della mia camera spoglia, per nulla arredata. Non la apro, non mi interessa: libri che non leggo, creme che non metto e post-it intonsi sulla scrivania sono le rare tracce del mio passaggio. La trasformo.

Alla porta c'è un cartello con la scritta d'avvertimento che si trova su alcuni album musicali: PARENTAL ADVISORY – EXPLICIT CONTENT. Le pareti della camera di Veronica sono ricoperte di poster che non si trovano in commercio ma che lei inventa e fa stampare. In bianco e nero, Gena Rowlands punta una pistola nell'obiettivo. Si trova sopra il letto, quindi appena varco la soglia lei mi sta per sparare e io me ne innamoro. Su una delle ante dell'armadio campeggiano Kennedy e Krusciov che si stringono la mano con sotto la scritta: PER LA TERZA C'È DA ASPETTARE. Poi Carmelo Bene in *Nostra Signora dei Turchi*, Einstein, Madre Teresa di Calcutta e Che Guevara, Britney Spears pelata che impugna un ombrello verde come un'arma, Leonardo DiCaprio nudo su uno yacht con una freccetta rossa a indicare il pene, le esplosioni di Hiroshima e Nagasaki. Fotografie dei più macabri incidenti stradali si susseguono intervallate da assurdi titoli di giornale ritagliati: «Scuola negata a due sorelle sorde – Inascoltato ogni appello», «Falegname impazzito tira una sega a un passante»... Il soffitto è ricoperto di stelline fosforescenti adesive che la notte si accendono. Lo abbiamo creato insieme questo cielo, a nove anni, quando i muri attorno a noi erano ancora bianchi.

Aiutiamo Olga a trasportare una doppia scala d'alluminio in camera. Quando la ringraziamo, lei mi accarezza velocemente la faccia, a Veronica stringe una guancia con un pizzicotto. Deve correre via da qualche parte con le sue amiche, quindi restiamo sole.

Non era una madre fredda Olga, era soltanto molto distratta. Sulle sue braccia i resti sbiaditi di tatuaggi fatti in casa testimoniavano un passato ambiguo, ma possedeva un'innata classe, dovuta anche alla sua vaghezza esistenziale. Veronica storpiava il suo nome chiamandola «Alga». In effetti, era una bella alga senza un lavoro. Un'ex ereditiera prima che la sua famiglia cadesse in rovina, un'ex ospite di San Patrignano, un'ex di personaggi leggendari, in pratica una donna sopravvissuta a troppe vite non sue. In rari slanci educativi, confiscava a Veronica le chiavi del motorino, che nell'arco di mezz'ora rientravano, di nascosto, dal padre assente e innamorato. Giuliano era uno di quegli uomini che sanno stare al mondo infondendo simpatia. Una tempra solida partita dal Sud con diecimila lire in tasca e senza tre denti. Lo ripeteva spesso: «Diecimila lire in tasca e non avevo tre denti.» I primi soldi li spese dal dentista. Fino a ventisei anni, anche questo lo raccontava spesso, Giuliano non aveva mai riso. Quindi oggi voleva ridere e sapeva far ridere. Il ghiaccio nello sguardo non tradiva la sua natura gioviale, ma mi permetteva di capire che per essere arrivato a diventare l'imprenditore che era non doveva aver fatto sconti a nessuno, neppure alla sua anima. Veronica aveva il volto di Olga, con gli occhi chiarissimi di Giuliano. La stessa insolenza della madre, la risata un po' roca e la camminata con le spalle molto tese del padre. Un cocktail quasi letale. Poi, altre volte, non sembrava somigliare a nessuno dei due. Si muoveva come una ladra o una figlia adottata.

Abbiamo fatto a turno per due ore tra chi regge la scala e passa gli sticker, e chi si arrampica per appiccicarli. Il soffitto ora è pieno di stelline. Veronica nota uno spazietto che io non noto. Mi convince che sia inguardabile. Sale velocemente, allunga il braccio verso quello che dovrebbe essere un buco e invece è una stella (cadente). Mi sorride e si getta giù. L'ha fatto di proposito, ma non mi è subito chiaro o non ho modo di soffermarmi su questa sensazione, perché oltre allo spavento sento un forte dolore fisico che attanaglia i fianchi e percorre in particolar modo il braccio, senza ancora poter sapere che se l'è appena rotto, e la caviglia, senza poter sapere che se l'è slogata. È dentro di me, questa bambina dalla testa matta?

La camera di Veronica si trova al secondo piano, esattamente sopra il salone. Tutto quello che accadeva sotto, giungeva fino a noi leggermente ovattato. Giuliano e Olga, la sera, discutono animatamente. Abbiamo spento le luci e le stelle si sono illuminate, Veronica mi guarda con il volto fiero e il suo braccio di gesso bianco su cui io ho scritto il primo nome di una lunga serie. Nella discussione Olga è, per una volta, remissiva. Si sente in colpa per averci lasciate incustodite come degli oggetti di poco valore, e il senso di colpa durerà almeno quattro mesi: mesi di compiti fatti per Veronica da un'universitaria, mesi di giocattoli e vestiti nuovi, mesi di merendine, bevande gasate e cucchiaini di caffè. Mesi in cui Veronica comprende che, nella vita come nell'arte, può mancare l'onestà ma non il coraggio.

Poi mi è capitato di scoprire che anche Veronica, come me, poteva vergognarsi fino ad arrossire. Abbiamo tredici anni quando Olga comincia a ubriacarsi durante le cene importanti che Giuliano era solito organizzare prima di capire che era meglio uscire da solo. Olga su di giri diventava sguaiata e fuori luogo, un'ex bulla della scuola paranoica e tormentata, che a guardare la nuova classe dirigente vedeva i mandanti e gli esecutori della bancarotta di suo padre. Io e Veronica ce ne stavamo chiuse in camera ad aspettare la deflagrazione, ma non ci veniva da ridere. Durante quelle risse verbali, Veronica arrossiva, poi si tappava le orecchie quando gli sbiascichi recriminatori della madre diventavano volgari e sempre più squillanti. Prima di addormentarci mi giurava che non sarebbe mai voluta diventare come lei. Entrava, così, nell'adolescenza. Le pareti cominciavano a coprirsi di immagini disobbedienti e con un pennarello rosso indelebile aveva riempito la sua scrivania di A cerchiate del movimento anarchico. Olga, con l'aiuto della sua unica dipendenza insostituibile, Giuliano, smette di bere e la normalità torna a insediarsi dopo due anni, quando, però, ormai Veronica la sera a casa non ci sta quasi più. Nei pomeriggi d'inverno, pur di non studiare, si sdraia sul tappeto a forma di cuore e legge i racconti che scrivevo al liceo. Pagine orribili di storie strane che non portano mai da nessuna parte. Ma a lei piacciono, e quando diventano una ventina fa rilegare varie copie in tipografia; a mia insaputa tre riuscirà a venderle: «Siediti, devo dirti una cosa che ti farà cadere dalla sedia» mi dice agitando una quindicina di euro. Gli acquirenti potevo soltanto immaginarli schizzati fradici, gente che si alza la mattina per non sapere cosa fare. L'angoscia reggeva una vanga e mi invitava a sotterrarmi. È la nostra unica grande discussione, andandomene Veronica cerca di trattenermi e io la spingo via. Sbatto la porta, una caccola di patafix dietro il cartello PARENTAL ADVISORY – EXPLICIT CONTENT si stacca e questo resta sbilenco. Per due giorni non le rivolgo la parola, al terzo si presenta sotto casa mia e dalla strada urla: «Duna, tu sei la Madonna! Te lo dice Maddalena!» Pace fatta.

L'ultima volta che entro in questa casa è la prima volta che mi basta guardare una porta per provare dolore. La domestica ha apparecchiato per tre, quindi il mio posto avrebbe dovuto essere quello di Veronica. Invece sposto con un solo gesto il piatto e le posate, tramite la tovaglietta di carta Tec, e velocemente avvicino il bicchiere, sedendomi dove mi sedevo sempre, accanto a lei che non c'è. Lascio un vuoto, non per irriverenza, ma perché mi sembra giusto. Oggi non mi sento rappresentata da quella decisione che poteva sembrare una polemica violenta, un'accusa nei loro confronti.

Trascorro tutta la cena nell'attesa di un momento che non arriva, quello dove uno dei due mi chiederà delle spiegazioni. Sono la persona che la conosce meglio e l'ultima ad averla vista. Ma, forse, temevano che li potessi incolpare di qualcosa e che la mia verità, giovane e arrabbiata, potesse essere più credibile della loro, quindi parliamo del caldo asfissiante che incombe, di politica e dei voti buoni che avevo preso agli esami. Io non avrei mai infierito, non ho mai creduto che decisivi fossero stati i loro errori o le poche regole. L'avevano sempre amata e questo mi bastava per perdonarli e comprendere che la storia di Veronica è un destino.

Abbiamo finito di mangiare, Giuliano tracanna un amaro pregiato e si accende un sigaro. Dopo alcuni minuti di silenzio, gli stessi che si prendeva Veronica quando stava per iniziare un discorso lungo, mi racconta con una ritrovata energia di avere sporto denuncia e assoldato una squadra di investigatori privati. Il pensiero della figlia lo riportava, nonostante tutto, in contatto con le luci della vita. Era nuovamente lui: pragmatico, tenace, scintillante.

È molto alticcio quando mi guarda fisso negli occhi per dirmi: «Duna, io sono disposto a prosciugare il mio conto, a rischiare la vita, io sono disposto a uccidere con le mie mani quell'uomo e a rapirla... a rapire mia figlia per riportarla dove deve stare, qui da noi tre, al sicuro, da noi che la amiamo, e quanto la amiamo, Duna, tu sai dirmi quanto la amiamo?»

«Dal primo giorno che l'abbiamo vista e ogni giorno di più» sussurra Olga.

«Duna», Giuliano voleva una mia risposta.

«Non c'è una misura» dico prima di scoppiare a piangere riparandomi sommessamente il volto con entrambe le mani. Olga e Giuliano mi seguono con la rapidità con cui si passa uno sbadiglio, ma senza coprirsi il volto. Sapevamo quello che Giuliano scopriva, che i soldi non risolvono niente se non potevano risolvere questo dramma.

Chiedo di poter dormire qui, e quando mi lasciano davanti al cartello PARENTAL ADVISORY – EXPLICIT CONTENT, entrambi mi abbracciano come a volermi ringraziare. Per una notte quella stanza non sarebbe stata deserta e quel deserto non si sarebbe conficcato nei loro corpi assetati e invecchiati in una notte.

Così eccomi, a contare le stelle. A sperimentare l'entropia alla fine del viaggio.

Basta, torno a fidarmi dei consigli di YouTube: otto minuti e trentasei secondi di frasi di Jung. Titolo: *Il leggendario Carl Jung e le sue sagge dichiarazioni*. La voce che le ripete è uguale a quella maschile di Google traduttore, senza modulazioni e con pause innaturali, alle volte sbaglia qualche accento. Mi assale una profondissima calma. Non sono più arrabbiata. La rabbia è sempre sincera ma porta soltanto alla menzogna. Adesso sto nella Verità. Chiudo gli occhi, incrocio le gambe, è la mia meditazione. Continuo per questa via: *Il leggendario Friedrich Nietzsche e le sue sagge dichiarazioni*, *La leggendaria Hannah Arendt e le sue sagge dichiarazioni*. Il tempo scorre più veloce su internet che in qualunque altro posto, perché la terra smette di esistere. Suonano al citofono, ricordo soltanto ora d'aver detto a Gaya che ci saremmo viste. E ricordo soltanto la frase: «Mostratemi un individuo sano di mente, e lo curerò per voi.»

Gaya lancia dall'armadio tutti i miei maglioni. Trova una minigonna e mi intima di indossarla. Tira fuori dalla sua borsa delle calze a rete. Le dico che io non ho mai messo delle calze a rete in vita mia, mi dice che sarà meglio cominciare.

Le mie gambe sono due ramoscelli tremanti. Due buttafuori trascinano a forza un ragazzo mal ridotto. Quando lui prova a muovere qualche arto, gli tirano un calcio. Fino a poco tempo fa avrei guardato tutta la scena, mi sarei indignata, avrei sicuramente chiesto l'intervento di qualcuno. Ora volto le spalle al suo destino che non può in alcun modo appartenermi. Guardo la mia buona amica e la sua voglia di farsi male. Avanziamo nella fila tra gli spettri.

Violenta i timpani, la techno. Ci appendiamo seducenti al bancone, buttiamo giù shot di tequila. Ci muoviamo a scatti nel gioco di luci, nel fumo sparato dai due cannoni ai fianchi della consolle. Ripeto più volte a Gaya che ho dei deserti di sale nella borsetta. Non capisce esattamente cosa significhi, ma si fida e mi segue in bagno.

Il mondo in un pugno. Una schicchera al mondo. Il mondo ruzzola giù. Accelerazioni rarefatte, pavimenti d'artemisia, ginnastica ritmica, cespugli di teste, braccia alzate trafitte da bagliori. Si suda sotto coperte nivee.

Non sono più io. Sono una ninfa deformata nella caverna del Fabric. Ondeggio, spintono sconosciuti. Fate ancheggianti si incipriano i nasini. Minotauri le sbattono ai muri nei nuovi riti apotropaici. Ogni maschio è l'ombra di un animale sulla parete della caverna del Fabric. Ora, invece, appare il mio elettrocardiogramma. Un soffio sistolico che varia e non dura per tutto il ciclo cardiaco. Ballo con le onde tese delle depolarizzazioni e delle ripolarizzazioni del mio cuore. Qualcuno mi tocca il culo, mi giro e non è Nico. Lo bacio sicura per vari minuti, poi gli chiedo scusa e corro a vomitare.

Il delirio si dissipa nell'alba. Camminiamo abbracciate e stravolte. Gaya mi chiede delle belle frasi da inviare a Oliver. Io le dico quello che sto pensando: «Oliver, vorrei essere un palindromo. Una frase leggibile anche in senso inverso, un significato immutabile. Invece mi sento un libro chiuso. Però poi mi accorgo che questi giorni sono un palindromo. Tutti uguali, tutti leggibili. Ogni cosa che dici può essere verificata, non si può più mentire. È orrendo essere un palindromo.»

Mi informa di avermi appena registrata e che domani, quindi oggi, lo ascolterà e sceglierà il pezzo da scrivergli. Le rispondo che sono d'accordo, tutto intero sarebbe esagerato, un discorso contraddittorio e sotto effetto potrebbe spaventarlo.

«Mi sento stupida» dice come se stesse pensando ad alta voce.

«Perché le ragazze si sentono stupide e i ragazzi no?»

L'aria esagitata e piovigginosa della sua Inghilterra le entra negli occhi, e ora le galleggia nello sguardo.

4

Non avevo mai assunto droghe pesanti. Temo di volerle riprovare. Non avendo mai conosciuto l'incoscienza, mi è piaciuta la perdita di coscienza. Il giorno dopo, però, sono stata male. In gola avevo un miscuglio di sapori orrendi e se avessi trovato il coraggio di passare le dita sul mio volto avrei sentito due solchi sotto gli occhi. Come due ponti che sanguinano. Dentro le articolazioni del mio collo scorreva la sabbia, e scorrendo mi faceva sentire il suo crepitio.

Mi sono fatta una lunga doccia e il sabato l'ho trascorso in accappatoio. Il mio corpo era un'amaca. Un giaciglio antico tra due ancoraggi, e pensieri troppo pesanti spezzano quelle corde che sono le mie ossa.

Ho passato l'intero fine settimana in casa senza vedere nessuno, a partire da me stessa. La missione è stata evitare lo specchio. Non avrei trovato frasi incoraggianti. Negli spostamenti compiuti – dal letto al bagno, dal letto alla cucina – non ho acceso luci e sognavo l'epilogo dell'agonia.

Soltanto domenica sera, dopo aver cenato con latte e cereali, sono uscita e ho fatto un giro di perlustrazione sul Blackfriars Bridge, senza trovare il coraggio di disintegrarmi. Sotto uno dei suoi cinque archi in ferro dipinti di rosso, fu ritrovato impiccato Roberto Calvi, il banchiere di Dio.

Martin attraversa questo ponte ogni giorno per prendere la metro, con lo zaino compatto sulle spalle e la sua andatura garbata. Abita qui vicino, ma non so in quale via. Ho sperato di incontrarlo; avevo bisogno di parlare con qualcuno che avrebbe sofferto enormemente la mia mancanza. L'ho immaginato recarsi all'inizio del ponte, l'indomani mattina, e stranamente trovarlo transennato e invaso dalla polizia. Qualcuno mormora: «Una ragazza...» Lui allarga le braccia, si dispiace anche se è una sconosciuta, arriva in ufficio e mi aspetta un'ora, due ore, un presentimento terribile l'opprime, tre ore... non una ragazza, la sua ragazza preferita. E piange, devastato piange.

Mentre desideravo l'arrivo casuale di Martin e le sue lacrime, in realtà, erano le mie, guardavo con fare molesto una coppia che si baciava sul ponte. Avanzavo come una maniaca. Andate, pensavo, andate a portare questa vostra passione che finirà malissimo, come malissimo siete vestiti, da qualche altra parte. Mi hanno letto nel pensiero e se ne sono andati, mano nella mano. Un anno fa, quei due eravamo io e Nico. Il filo spinato che lento si ergeva tra di noi c'era sempre stato, ma io non riuscivo a vederlo. Io sentivo di somigliargli e non potevo crederci. Guardavamo i fuochi d'artificio che si stagliavano nel cielo e riflettevano sul fiume. All'orecchio mi confidava un segreto: «Io amo i tuoi pensieri.» Mi sembrava capace di scappare in un attimo, senza una spiegazione, correndo come un folle nella notte. Per questo, e per nient'altro, mi sembrava sincero il suo restare.

È lunedì e io sfumo l'ombretto marrone sulle palpebre e trascino con precisione la matita verde nella riga degli occhi. Allungo le mie ciglia già lunghe con il rimmel. Prendo tre pasticche di Lamictal, bevo due caffè. Ora agito lo spazzolino sui miei incisivi rimasti a zigzag.

Oggi ho una faccia presentabile, quindi potenzialmente credibile. Non me lo sarei mai aspettato, ma oggi se fossi un ragazzo mi piacerei.

Il sole si è posizionato tra due nuvole ferme somiglianti a due missili, un suo raggio poco timido colpisce il segno del cuscino sulla guancia destra di Alexander. Lui si appassiona specialmente a uomini che hanno il suo stesso nome declinato in altre lingue. Ora mi sta raccontando la storia di Aleksandr Bogdanov. Bogdanov, cofondatore del movimento bolscevico, immaginò una società utopistica su Marte: pieno controllo dei lavoratori sulla produzione e valori femministi. Poi un giorno si convinse che le trasfusioni di sangue potessero fermare l'invecchiamento. Si sottopose lui stesso a vari esperimenti. Scambiò il suo sangue con quello incompatibile di un suo studente, fra l'altro affetto da malaria e tubercolosi. Bogdanov trovò la morte, lo studente guarì.

Parliamo delle realtà alternative in via di sviluppo. Alex ha studiato a fondo l'ideologia del transumanesimo, mi parla di cani clonati e corpi ibernati per l'immortalità. Si ferma nell'istante di un lampo e con un tono sentenzioso dice: «L'immortalità la possono ottenere in pochi, e la si ottiene morendo.» Velocemente apre uno dei suoi quaderni e trascrive l'aforisma. Finalmente ho letto una cosa che ha scritto, e ho potuto leggerla prima che la scrivesse. Stiamo nel Metaverso.

«Duna, io sono totalmente ottimista» mi dice con una faccia affranta, «la tecnologia non è potente. Se lo fosse non avrebbe bisogno di accelerazioni e modifiche continue. Facci caso: non basta più pubblicare foto online, ora serve un fottuto visore sugli occhi. Manca molto ma non troppo alla fine, il mondo scoppierà o lo faremo scoppiare. Mi segui?» Dopo avergli garantito che lo seguo e averlo ascoltato stilare una lunga serie di «motivi sinceri» per i quali sarebbe comunque disposto a trasferirsi su Marte, volta pagina: «Servirebbe la buoncostume. Hai visto come si vestono qui? Ma loro almeno sono dei malati mentali, quei puzzoni venivano in biblioteca in pigiama.» Stende la mano sulla cravatta per ricordarsi che non ha mai abdicato alla civiltà.

«Hai una camicia bellissima» gli dico.

«È un lino di prim'ordine» mi sorride. «Hai tempo per qualche prodotto?»

Annuisco e iniziamo a giocare.

«Ti mette le ali», sbatte le mani come per volare.

«Red Bull.»

«Scatenatevi.»

«Jaguar.»

«Amore, ma se mi uccidi, dopo chi picchi?»

«Scherzi?»

«No, manifesto pubblicitario contro il femminicidio.»

«Non è un prodotto, non vale.»

«Le regole? Non fanno per voi, scegliete...»

«Scegliete le rapine in banca.»

«Bmw X2. Quest'estate la passo con te.»

«Cornetto Algida.»

«Giocavi in casa, andiamo in Francia: *je suis comme un poisson dans l'eau.*»

«Non lo so.»

«Tampax. Un ferro da stiro, un pigiama, un grembiule, un... secondo te cosa la farebbe felice?»

«Una bomba a mano.»

«Un bracciale Pandora.»

«Tre pari?»

«È un metodo sottile quello scientifico, ti ficcano in una percentuale che ti sembra grossa così tu ci stai meno male. Il venti per cento delle persone ha un disturbo dell'umore, allora io sono normale dottore?!»

«Alex, tranquillo... tranquillo, respira.»

«Ho parlato in rima, hai notato?»

«Sì.»

«Stamattina ho mille rime che mi frullano in testa, mille rime... mille rime, ma cos'ho io?»

«Hai mille rime.»

«Ho sognato troppo in grande e la fantasia è innocua solo per chi ne ha pochissima. Grazie e buona giornata.»

Termina spesso le conversazioni o le crisi in modi educatamente meccanici. Sosto in corridoio ripensando alla prima volta che l'ho visto. È sul palco del Jcr, lo spazio universitario adibito alle elezioni d'inizio anno, ai dibattiti, alle serate di *spoken words* e ai concerti. Rifiuta il microfono e tira fuori tutta la voce che possiede per arrivare fino all'ultima fila, la mia.

«Mi chiamo Alexander, sono nato a Londra diciannove anni fa e sono iscritto alla facoltà di Storia. Non ho alcuna intenzione di ammaliarvi, di ingannarvi, per rubare voti. Io non chiedo un pezzetto del vostro cervello, a patto che ne abbiate uno, e mai mi azzarderei ad attentare alla vostra anima, sempre a patto che ne abbiate una. Credo a ciò che vedo, quindi sicuramente avete una lingua e un culo. Una lingua con cui leccare altri culi e un culo da vendere. Se mi eleggerete vostro presidente del comitato studentesco, daremo alla strada le puttane culturali in cambio di belle puttane vere; le nostre feste saranno stratosferiche, le nostre...»

Le ragazze della society femminista Enough is Enough avevano iniziato a storcere il naso a metà discorso, andandosi a confrontare con il presidente uscente e gli altri del comitato. Le guardavo scambiarsi frasi all'orecchio, poi sulla faccenda delle puttane non hanno dubbi: come cavallette lo circondano interrompendolo e l'obbligano a scendere dal palco per ritirare la candidatura.

Alex riserva loro una faccia sbigottita e con tutta calma dice: «Io vi rispetto, ma il vostro atteggiamento è grottesco.»

«Secondo me Alexander deve parlare. Non lo conosco, non l'ho mai visto prima, ma deve parlare, anche di puttane... volendo.» Anch'io ho parlato e ora Nico, Gaya, Veronica e tutta la Soas guardano me che stranamente non arrossisco.

Alex è quasi all'uscita quando si rende conto d'essere stato richiamato sul palco. Si volta sereno, la folla si apre al suo passaggio e lui, dopo essersi schiarito la voce, parla ancora più forte di prima.

«Qui ci chiedono di saper rispondere a ogni domanda, non ci consentono di esercitare l'umanità dei "non so". Nutro rispetto per i miei avversari, ma è gente che si è scritta le cose da dire, le risposte da darvi; hanno ammiccato allo specchio il proprio sorriso migliore, dallo spazzolino sono passati a voi, il vento non spettina i loro capelli, sono ancora chiusi in bagno, odorano di plastica. È tutto falso, è la borghesia che tramonta ma ancora ci chiede la maschera ipocrita! Io vado a braccio, io sono nudo e pronto all'umiliazione. Io ho questa malattia: voglio sentire che esisto. Se mi eleggerete vostro presidente del comitato studentesco, offrirò a voi tutti tecniche per sbeffeggiare le domande capitali... gli obiettivi rinasceranno missioni e le aspettative rinasceranno speranze, noi rinasceremo! Modificheremo il nostro tempo ed esigeremo di poter stare per giorni a leggere le poesie di Esénin senza dedicarci a nessun'altra attività... "*E in mente mi torna quello stagno che le canne e il muschio hanno sommerso e mio padre e mia madre che non sanno di avere un figlio che compone versi...*" Non vi commuove? Mio padre e mia madre che non sanno! Mio padre non sa che sono nato e mia madre non sa di avere un figlio che piange la rabbia, che sogna la Rivoluzione. Viva la pace, ma non prima che le teste vengano decapitate. Grazie e buona giornata.»

Un timidissimo applauso si leva, e a farlo partire credo di essere stata io; Alex non ci ha fatto troppo caso ed è già uscito. Ineleggibile, cammina lentamente dando l'impressione di poter inciampare persino su una foglia. Per raggiungerlo non mi serve correre.

«Ehi», gli do un colpetto sulla schiena.

«Ciao», si scosta facendomi sentire una persona invadente.

«Mi è molto piaciuto quello che hai detto.»

«Grazie e buona giornata.»

Invece ho continuato a camminargli accanto, sorprendendolo. Abbiamo tentato di comprare due biglietti per *Hedda Gabler* ma lo spettacolo era tutto esaurito, così li abbiamo presi per il giorno seguente e ci siamo accontentati di mangiare due hot dog dal baracchino di fronte al teatro. Quello che all'istante colpiva di Alexander era la sua sincerità fanatica, un vizio dell'infanzia o un lusso della vecchiaia. Si considerava capace di parlare con tutti e diceva di avere dei conoscenti, ma mi disse di non aver mai avuto né un amico né tantomeno un'amica in tutta la sua vita, fino a oggi. Mi raccontò di aver fatto la pipì a letto fino ai quindici anni a causa della più strana fobia, sconfitta quando si comprò un'iguana: l'anatidaefobia, la paura irrazionale che da un punto incerto, in qualsiasi luogo, un'anatra lo stesse fissando.

Credevo di stare meglio oggi, ma una forza a me esterna unita a un mal di stomaco improvviso mi ha spinto a bussare alla porta di uno degli studi dei dottori. La donna che mi apre è una giovane dottoressa. Ha un sorriso accogliente, mi chiede se sono qui per il mio amico. Le mie iridi si gonfiano di lacrime che non scendono. Il suo sguardo percettivo mi indica la sedia vuota. Attende con discrezione che a parlare sia io.

«Ho pensieri suicidari, ma non ho voglia di raccontarle la mia vita. Non ho traumi, soltanto un'amica e un ragazzo che sono spariti... Però, insomma, non basta. Forse il mio trauma è non avere grandi traumi... Sto scherzando. Credo sia un problema di sensibilità o chimico, forse è solo un problema chimico.»

«Delle cose me le ha appena raccontate, ma non deve fare nulla di cui non ha voglia. Posso chiederle come immagina il suo suicidio? Mi risponda soltanto se crede di potersi aprire con me...»

«In volo, in volo dal Blackfriars Bridge.»

«Comprensibile, lei conosce il Golden Gate Bridge di San Francisco?»

«No.»

«Il Golden Gate Bridge di San Francisco è uno tra i ponti in cui a partire dagli anni Settanta è stato registrato il più alto tasso di suicidi. E il Golden Gate Bridge ha un altro ponte proprio accanto da cui nessuno si è mai buttato. Certi ponti, tenebrosi e ingombranti, creano l'effetto dello strapiombo. Poi un giorno a un signore è venuta un'idea, ha posizionato all'inizio del ponte una cabina telefonica, con un cartello ben visibile: SE HAI BISOGNO, CHIAMA. I suicidi sono calati drasticamente. Ora, dal punto di vista razionale, non ha molto senso. Perché qualcuno che ha deciso di buttarsi, e che quindi è incastrato nel tunnel della depressione, decide di chiamare? E invece accadeva così. Ha fatto bene a venirmi a trovare, lei deve credere che in ogni momento della sua vita ci potrà essere una cabina telefonica. Dall'altra parte uno specialista o chi vorrà lei. La depressione è la forma più subdola dell'aggressività verso noi stessi. Lei si è trattenuta molto nel rapporto con gli altri?»

«Moltissimo.»

«Alle volte, le potrà sembrare assurdo come consiglio, alle volte è meglio essere aggressivi con gli altri... Con questo non voglio dirle di andare in giro a fare sciocchezze, ma cerchi di comprendere quando è giusto provare rabbia nei confronti di chi l'ha ferita, e non soltanto contro di lei.»

«Grazie, grazie davvero.»

Abbassa il volume della voce quando mi chiede se prendo dei farmaci. Mento per ottenere una ricetta medica. Mi prescrive il Valdoxan, una compressa da 25 mg da assumere ogni sera prima di andare a dormire. Stimola i recettori attivati dalla melatonina e blocca quelli attivati dalla serotonina. In sintesi, aumenta la dopamina e la noradrenalina:

i neurotrasmettitori presenti nel cervello che controllano l'umore. «Diversi ma rari» sono gli effetti collaterali, di cui mi importa poco. Il suo dovere è elencarmeli: vertigini, nausea, mal di testa, emicrania... Mi viene da ridere quando cita: stitichezza o diarrea, insonnia o sonnolenza. È un farmaco confuso quanto me.

Nonostante la prescrizione, si dice convinta che io sia in possesso di tutti gli strumenti necessari per oltrepassare il mio momento di disagio: «È poco professionale, ma spesso mi capita di origliare le conversazioni che ha con Alexander, e io la ammiro. È l'unica persona, oltre alla madre, che lo viene a trovare...» Mi dà il suo bigliettino da visita: «Per qualunque cosa, non esiti a chiamarmi.» Mi accanisco nel ringraziarla e spero non lo viva come una ruffianeria. Ci scherza sopra: «Mi ha ringraziata otto volte, le ho contate.» Almeno un aspetto del mio originario carattere continuo a possederlo, so rispondere prontamente alle battute: «Grazie d'averle contate.»

Nel piazzale della clinica, c'è chi si concede una ricreazione. Una ragazza vestita da fatina getta in aria dei coriandoli, li guarda volteggiare con un esagerato stupore: a ogni lancio, gli occhi affetti da uno strabismo violento escono dalle orbite e a tornare, forse, sono sempre occhi diversi. Anche lei ha mille rime in testa e, con una voce flautata, ora canta: «Mammina, non mi dire che sei sterile. Piangerei mille notti lacrime isteriche. Mammina, perché non mi sento capita? Mammina, mi hanno trombato la testa e ora son pervertita, mammina...»

A uno dei bordi del cancello a battente si è acquattato un ragazzo ossuto. Forse sogna di prendersi una brutta influenza, indossando una maglietta a maniche corte da cui spuntano due braccia vulnerabili e bianche come aghi cristallini di brina. Ha lo sguardo languido, tiene una borraccia incollata all'orecchio e immagina di parlare al telefono con un'amante: «Certo che ti vengo a trovare, dai, non fare la stupidona, lo sai che ci tengo. Non voglio insospettire mia moglie, ma vengo e ti prometto che un giorno troverò il coraggio di lasciarla. Lo so che ti manco molto, amore mio. Amore! Mio! Prepara i marshmallow, io ti ho comprato i *flakes* che ti piacciono tanto.»

Vorrei dirgli: amico mio, quanta attenzione è pretesa per andare incontro all'ennesima notte fonda senza franare sulle emozioni e sui pensieri. Non c'è nulla sotto le emozioni e i pensieri. Amico mio, non franiamo, tra troppe cose franate.

Invece resto in silenzio e davanti all'incontrastabile bisogno d'amore mi limito a incupirmi e molto, dentro di me, frana. Lo stomaco sembra dilatarsi per fare spazio a tutti gli altri organi, poi si comprime. I polmoni, in particolare, è come se fossero scesi dal torace e stessero implodendo. Gli occhi non sono mai stati tanto suscettibili, si allagano per ogni piccola fesseria. L'ecografia mostrerebbe anche la mia mano che preme sulla mucosa gastrica. "Psiche" significava "respiro", "anima" significava "vento". Tutto questo rimbomba e non esce e non ha alcun significato.

Il farmacista di Boots al Brunswick Centre è un uomo deforme che la mattina esce da un quadro di Bacon, e finito di lavorare rientra in un quadro di Bacon. Sono lieta che non sia un bel ragazzo; mi convinco che non mi metterà in uno stato di scomodità emotiva avanzare la richiesta di uno psicofarmaco contro la depressione maggiore. In fila, sento l'incedere della mia astenia. Gli zuccheri nel mio corpo calano e mi lasciano addosso la spossatezza. Schiudo un sorriso teso mentre lascio scivolare il foglio della ricetta medica. L'uomo viene colpito da un'esitazione che potrebbe irritarmi ma mi imbarazza soltanto. Per non deformarsi ulteriormente si gira ad aprire uno dei cassetti. Quando lo ringrazio, arrossisco. Mi scaravento fuori.

Entro nel grattacielo alle nove e mezza. Hugo cammina tronfio ed euforico nel corridoio. Dalla direzione intuisco che è stato nell'ufficio del boss, ora mi aspetto che svolti a sinistra per entrare nella stanza in cui lavoriamo noi. Invece la supera, e quando i nostri sguardi si incrociano mi dice: «Mi sono licenziato, fanculo! Un'altra casa di produzione ha creduto in me. Esordisco alla regia. Ciao, Duna.» Sto per abbracciarlo, ma lui è così preso da se stesso che non se ne accorge e scompare.

Gaya mi inoltra il video di un rapper famoso che si masturba. Mi sembra che si trovi nella stanza di un tre stelle mediocre e me ne sorprendo. Il rapper in tour smanetta veloce, compiaciuto dice: «Troia, eh, troia, ti piace.» Gaya sta scrivendo, scrive: «Ci piace.» Rispondo: «Ahahah.»

Non posso farmi rovinare la giornata da un video deprimente. Mi sento Thoreau in prigione o Alexander in clinica: poiché non possono raggiungere me, hanno deciso di punire il mio corpo. Non mi dispero, io so accettare il prezzo che si paga a non pagare. La mia vita è facile, mi ricorda la mia voce detrattrice. Eppure vorrei scattare come un corridore allo sparo ed evadere. Da quel giorno si persero le sue tracce. Una vittima del lavoro, non sul lavoro.

Per fortuna oggi devo uscire. Ho un contratto da far firmare a un cantautore. E posso passeggiare, per lavoro. Martin mi trattiene con un'inconsueta eccitazione negli occhi, come se avesse una pericolosa notizia da darmi: sei incinta di me, Duna, a tua insaputa. Un'esclusiva all'altezza dei miei pensieri assurdi, in effetti, ce l'ha.

«La vita trascorsa nell'ufficio di una grande città può arrecare gli stessi danni psichici che la guerra procura a un soldato... il disturbo post-traumatico eccetera... Taglio corto, ti sei accorta che non c'è la Bilancia?»

«No, non ci ho fatto caso.»

«La Bilancia, lo scorso venerdì, mentre tagliava le zucchine per la cena si è chiesta: ma cosa sto facendo? ma io chi sono? chi sono i miei amici? Non erano domande esistenziali; non si ricordava il suo nome, il coltello le è sfuggito di mano ed è caduto a terra; non si ricordava il nome dei suoi amici, non si ricordava se ne aveva, non sapeva più come si chiamassero quegli ortaggi verdi sul tagliere... Ha perso la memoria, ha avuto un black-out totale. Ora si sta riprendendo, forse le hanno fatto un elettroshock... Comunque resta una storia allucinante, lo stress da lavoro può farti perdere la memoria.»

«Non credo di correre il rischio» sorrido, e lui ride più del dovuto, mentre mi passa la cartellina e una penna stilografica.

Il sole fa scintillare i glitter e le piume sull'asfalto di Charlotte Street. Mi viene voglia di soffiare su un tarassaco ma qui non se ne trovano. Così mappare le mie ambizioni in aria, non incontrandone neanche una su terra. Nulla di brutto è in costruzione e tutto sembra essere stato costruito domani. Nei caruggi di Soho la fretta non è l'unica misura della vita e le notti sono un caleidoscopio di luci. Un uomo sui trampoli si fa largo tra i sorrisi e persino gli occhi inglesi si sollevano a guardarlo. Sciami di giovani stagisti, chi nel campo della musica, chi del cinema, chi dell'editoria. Che belli i Velleitari, quelli che credono di meritarsi un lavoro artistico poiché la vita non basta. Dipende dal giorno: o li guardo e li odio come odio me stessa, o li guardo e l'esistenza mi sembra un'avventura, in fin dei conti, sostenibile. Non so dire quale giorno sia oggi. So solo dire che ho ricevuto un fischio da un giardiniere intento a potare le aiuole e che, anche se sono arrossita, la cosa non mi è dispiaciuta.

I locali a riposo si riaccenderanno. Un gruppo di drag queen mi saluta con delle linguacce. Rido o sorrido. Stasera canteranno provocanti *Happy Birthday Mr President* a un Mr Nessuno. Supero il locale di Madonna, o che un tempo era di Madonna. Mi guardo nel vetro di una vetrina e penso che la Natura con me non è stata né avara né generosa, ma semplice e moderata.

Arrivo alla sede della Universal. Il cantautore si fa attendere. Il manager è un batterio che, sfogliando le pagine del contratto, mi dice: «Abbiamo soltanto due minuti per fare tutto.» Annuisco e osservo un disco di platino incorniciato alla parete finché non irrompe Clement.

«Credi in Dio?», la sua frase d'esordio nella mia vita. Scritta da uno scrittore che deve ripagare i debiti del bar.

«Penso a Dio molto spesso.»

«Non hai risposto.»

«Lei ci crede?»

«Non più. Per questo non voglio morire, ma soltanto mangiare, bere, scopare. Mangiare, bere, scopare.»

«Cantare?»

«Sotto la doccia.»

Clement non sembra strafatto. Appare lucido e bellissimo. Dal vivo come in video. Lineamenti matematici, con una mano si tira indietro i capelli mori e le braccia mi sembrano contenere una violenza da pugile. La pelle levigata dà l'impressione d'aver preso il sole sciando sulla neve. Evito gli occhi acquosi da pirata: è difficile guardarli e non provare attrazione. Ha un largo maglione nero sopra una camicia che intravedo bianca. Dei jeans Levi's vecchi, di quelli di cui si dice: «Non ne fanno più.» Sono di suo padre, secondo me. Si accende una sigaretta, impugna una chitarra. Accenna *London Calling* dei Clash.

Il richiamo di Londra, sì, c'ero anche io. E sai cos'hanno detto? Be', qualcosa era vero. Il richiamo di Londra, alla sommità del quadrante. E dopo tutto questo, non vuoi farmi un sorriso?

«Abbiamo solo due minuti, il contr...»

«Chi l'ha detto che abbiamo solo due minuti?» mi interrompe.

«Il manager.»

Il manager ci guarda. Io ricambio lo sguardo, il cantante no. Parla di lui, fissando me. «Io ho un manager?» ripete ad altissima voce la domanda retorica. «Matt!», lo indica e Matt non risponde: stringe il nodo alla cravatta, vorrebbe strangolarsi. Mi dice che le loro madri sono sorelle, quindi sono cugini: «Io ho talento, lui no. Mia madre si sente in colpa e mi fa sentire in colpa. Mia madre crede troppo in Dio.»

Matt è un ostile volto di cera e un corpo molle, privo di carisma; lascia scivolare insulti nell'intreccio della filigrana che lo compone. Questi due non sembrano avere alcun cromosoma in comune. Matt è quel classico individuo servizievole, «sempre a tua disposizione», che inganna: se a Clement cade una cosa, a lui non fa nessun effetto chinarsi per raccoglierla. Matt è la zecca, Clement il leone. La zecca si è insinuata e succhia, intanto il leone è chiamato ad affrontare i grandi eventi nella giungla di cui è sovrano. La zecca raramente si espone, non è capace di sincera gratitudine, ed essendo nata in vendita svenderà chi le è attorno. Adesso stiamo ancora nell'embrione dell'invidia: la zecca non vuole rassegnarsi alla cattiveria e si abbandona a una sorta di transfert, simile a quello di un paziente per il proprio psicoterapeuta e non dissimile dalla sindrome di Stoccolma. Matt sta abradendo i confini tra la sua vita e quella del cugino. Negli anni l'invidia, negata ma covata, lo porterà a sognare di poter rubare l'identità del leone che, invece, ne sottovaluta l'astuzia. Adesso stiamo ancora nel periodo giovanile e godiamocelo: la zecca finge di poter essere altro, addirittura un uomo, così alle volte si impone una parentesi in cui affermare il proprio io e tira fuori una pretestuosa arroganza. Matt grida al cantautore che senza di lui sarebbe perduto. Questi due finiranno per non parlarsi. La voce di mia madre anche quando non c'è: «Il leone non viene ucciso da un altro leone, ma da un insignificante parassita.»

«Smettiamola. Hai un *fitting* tra mezz'ora per la sfilata di stasera.»

«Sfilate, sfilate. Io ho soltanto fame. Italiana, tu sei italiana?»

«Sì.»
«Hai fame?»
«Un po'.»
«E allora andiamo a mangiare.»

Rapidamente si alza, indossa una giacca della Barbour. Mi afferra per la mano, con l'altra si mette un cappellino in testa. Scendiamo le scale sotto lo sguardo esterrefatto del cugino-manager che si è affacciato dal pianerottolo e non dice nulla.

Soho è il set di un film d'amore appena cominciato. Duna Solenni è la protagonista femminile. Il provino è durato un brivido, la ragazza era perfetta per il ruolo. Mi cinge le spalle con un braccio. La guardia davanti a Hakkasan chiede il nome della prenotazione, lui leva il cappellino, mostra il viso. La guardia, ammirata, ci lascia scivolare dentro. Scendiamo i tappeti di porpora. Lontani dalla decadenza delle file. L'onore agli dèi, lo spreco nel lusso. Il nostro mondo segue un'altra logica. Oggettiva, perché oggettivamente c'è chi si merita un'altra logica e non si meriterebbe di morire.

Mi dà il posto migliore del tavolo, il divanetto con vista sull'insieme.

«Quanti anni hai?»
«Tra una settimana ne compio ventiquattro, tu?»
«Ventisette, dovrei morire quest'anno ma non voglio.»
«Mi sembra una cosa buona.»
«Mi sembri una cosa buona.»

Arrossisco, mi guardo in giro: le cameriere di Hakkasan sono belle e strette nei loro tubini cobalto. Si muovono in un'euritmia tra i tavoli come sirene o escort. La musica elettropop, il bancone dei cocktail. Il barista annoiato scuote lo shaker. Un'aragosta con il volto più umano dei commensali viene prelevata dall'acquario per essere bollita viva. I russi accanto a noi shottano sakè, una ragazza musulmana con il velo griffato Louis Vuitton fotografa i suoi spiedini di pollo finché non si raffreddano; il marito la osserva con scostante neutralità. Tutto sotto le luci soffuse del liberalismo. È come lo ricordavo.

Ordina *dim sum* e champagne, «cose buone» sorride. Il suo telefono squilla. Lo gira verso me. Canaglia è il nome di chi lo sta chiamando. Preme sul lato e il suo dito traccia la linea dello spegnimento.

«C'eri già stata qui?»

«Sì.»

«Con un uomo?»

«Sì, con mio padre.»

Avevo diciannove anni quando, al tavolo ora occupato dai russi, mio padre mi sembrava mal sopportare la vita. Pur di non ascoltare la politica che in quel periodo mi infiammava, o per attirare l'attenzione, faceva domande a Google. La voce algida e robotica rispondeva.

«Franco Battiglioni, morto quando?»

Silenzio.

«Franco Battiglioni età.»

«Franco Battiglioni ha ottantanove anni.»

«È vivo, questo stronzo, non ci credo... Viola Segatole età.»

«Viola Segatole ha novantaquattro anni.»

«È viva anche questa stronza, non ci credo.»

«Papà, ma chi è questa gente?» chiesi.

«Gente del mio passato, quando facevo l'attore di teatro. Viola Segatole scrisse una recensione: "Lo spettacolo è bello, l'attore abbaia." Avevo letto "abballa", pensai: ottimo... l'attore non solo balla, l'attore abballa, avevo un momento danzante. Ma non è una parola "abballa"... Battiglioni, invece, mi saponò il palcoscenico. Mi ruppi il femore davanti a centinaia di persone, a quel punto smisi.»

«Un infortunio, e tu non eri mica un atleta, se avessi avuto talento come attore avresti continuato... e poi non credo sia una parola neanche “saponò”. Non c’è il verbo saponare. Io sapono, tu saponi, egli sapona. Mai sentito» dissi.

«Il verbo saponare c’è, ti mancano le basi. E, Duna, io ti odio.»

Risi mentre papà proseguiva a definire l’odio che provava nei miei confronti come l’odio più autentico mai provato in vita sua. «Una sorta di risentimento» diceva. «Perché non c’è gratitudine» spiegava. «Sei essenzialmente un’estranea con i miei soldi in tasca» ammoniva. Scherzava, in verità. Papà scherza con il volto che resta serio, come faccio anch’io. Tornava a parlare con Google.

«Giuditto Martilletti età.»

«Giuditto Martilletti ha centodue anni.»

«Centodue anni, porca troia.»

«Chi è?» chiesi.

«Il Martilletti, primo attore, mi inchiodò la sedia al lato più in fondo e più esterno del palco, la mattina della prima. Avevo soltanto un lungo monologo finale: prendevo la sedia e la spostavo al centro del palco. Ma quella sera, davanti a centinaia di persone, la sedia non si spostava. E ti credo! Me l’avevano inchiodata! Tua nonna mi disse: “Si sentiva solo la voce, non ti si vedeva... Perché fai l’attore e non il dottore?” Altri tempi, tempi in cui ti facevano crescere con i complessi. Da lì in poi, ogni sedia da regista che ho avuto l’ho sempre sollevata. È irrazionale, nessuno mi inchioderebbe la sedia oggi. Ma io sono rimasto inchiodato a quella sedia nell’estate del 1981.»

«Mi dispiace, papo» dissi colta dalla malinconia, e lui mi strinse la mano. Dopo alcuni minuti di silenzio, mi arrabbiai: «Perché il successo non ti ha permesso di guardare alle umiliazioni del passato con serenità? Perché devi darmi il peso della tua frustrazione?»

Quando la figlia contraddice il suo vecchio eroe, il tempo ha fatto quello che doveva fare ma che noi non avevamo chiesto. Quando la figlia è una spina, il padre è già ferito.

«Duna, tuo padre ha sofferto ed è giusto che tu lo sappia. Tuo padre è nato povero e la povertà non se ne va mai via... Ti resta incollata addosso l'inadeguatezza. Tuo padre si vergognava di sua madre.»

Nonna era morta da un anno lasciandolo orfano. La dignità, ballerina silenziosa, aveva scelto mia nonna senza opinioni nel baccano delle opinioni. Un solo gesto per il suo quieto vivere: il fazzoletto che nascondeva dentro i polsini dei suoi vestiti. Un'unica espressione facciale che le bastava per dire molto e la sua cucina che le bastava per dire tutto. Mia nonna che, come noi, non sapeva sorridere in foto. Noi che, però, abbiamo imparato.

Papà cominciò a piangere. Mi accorgevo di non aver mai visto mio padre piangere. Al funerale di nonna aveva tenuto gli occhiali scuri e fatto un discorso che mi sembrò apatico. E allora, adesso, il Meteorite poteva arrivare e colpirci o la terra poteva smetterla di girare.

«Papà, tu sei un uomo puro e io ti amo» dissi.

Ed è stato l'unico «ti amo» della mia vita, ed è stato vero.

Inzuppo un *dim sum* nella salsa piccante, lui nella soia. Arrivano gamberi fritti e *black cod* al miele.

«Tu sei nata ricca.»

«No, io sono nata povera.»

«Io sono nato povero e posso dire con certezza che tu sei nata ricca. Avvicini la forchetta alla bocca e non la bocca alla forchetta.»

«Mio padre è nato povero.»

«Poi ha fatto sicuramente i soldi.»

«Non tanti quanti la gente crede, è come se fossi nata povera anch'io... ma è difficile, oltre che disonesto, da spiegare a chi è nato povero sul serio.»

«Tu scrivi?»

«No.»

«Non sei brava a mentire.»

Arrossisco di nuovo, giro su me stessa e non mi trovo. Non c'è coda da mordere o foglio da afferrare. Sul tavolo, ci sono due tortini al cioccolato con il cuore caldo all'interno che si scioglie quando incidi con il cucchiaino.

«Farai l'infame?» mi chiede.

«Che vuol dire?»

«Scriverai o dirai alle tue amiche che sei stata a letto con me?»

«Dirò che sei un pallone gonfiato, troppo consapevole del fascino che eserciti.»

«Io risponderò che sei una gatta morta, che ostenti il tuo mistero, fuggi dalle domande come se avessi qualcosa da nascondere. E la cosa triste è che non hai nulla da nascondere.»

«Perfetto, già ci odiamo. Abbiamo bruciato le tappe.»

«Bisognerebbe cominciare lasciandosi.»

«Bisognerebbe cominciare morendo.»

«Sentila!»

«Non è mia, è di Woody Allen.»

«Ti sei mai innamorata?»

«Sì, una volta.»

«E dov'è lui?»

«Purtroppo è morto a Nazaré sotto un'onda di trenta metri... non mi va di parlarne.»

«Cazzo, mi dispiace.»

«E tu?»

«Sì, anch'io una volta.»

«E dov'è lei?»

«Purtroppo è morta in un attentato terroristico alla Paris Fashion Week. Sai questi jihadisti... loro ancora si sacrificano.»

«Cazzo, che tragedia la vita.»

Ridiamo dei nostri scherzi neri spaccando i tortini. Il cioccolato fuso fuoriesce senza fretta.

«Non è vero che ti sei innamorata soltanto una volta, stai vivendo la seconda in questo istante.»

«Mi stai antipatico, sei fuori di testa...» mento al suo sorriso di denti bianchi.

Lascia cinquanta pound di mancia, scatta fotografie con quattro cameriere in estasi. Adesso con la guardia.

«Hai studiato filosofia?»

«Come fai a capire le persone?»

«Le porto a pranzo fuori. Le persone si dividono in due categorie.»

«Chi avvicina la bocca alla forchetta e chi la forchetta alla bocca?»

«No, chi passa il piatto al cameriere e chi non lo passa. Tu lo passi.»

«Tu no.»

«Io no. Sono uno stronzo, cara mia.»

Una Range Rover con i vetri oscurati accosta bruscamente davanti a noi. Matt scende aiutandosi con un salto. È molto basso, me ne accorgo soltanto ora.

«Stanno per arrestarmi.»

«Ma sei innocente.»

«Innocente no, ma non sono nemmeno colpevole.»

Mi sorride e protende le braccia in avanti, incrociandole. Lo guardo entrare in macchina e rombare via. Lo stereo è alto su *London Calling* dei Clash. Resto immobile, in disparte. Sono contenta di essere viva. È tutta una questione di "doveva capitare". Non alla prima stretta di mano che neanche ci siamo dati, troppo presto. Nel durante indefinito del pranzo era già successo. Tra il troppo presto e il già successo, lì sta l'innamorarsi. Poi è troppo tardi per proteggersi. Ho già perso.

Quando rientro in ufficio, trovo Martin alle macchinette con gli occhi incollati su dei KitKat che cadono. Gli dico che c'è stato un piccolo disguido. «Questo Clement è un tipo insofferente e non ha firmato il contratto. Voleva soltanto mangiare.» Evito d'aggiungere: bere e scopare.

Martin dovrebbe indispettirsi. Le riprese del documentario sul cantautore partono tra poco e non abbiamo tempo di perdere tempo. Invece stacca una barretta del KitKat e me la porge. Non mi va, ma non riesco a rifiutarla. Ora mi dice: «Non fa niente, manderò una mail al manager... Voglio scusarmi con te per l'altra volta, ti ho messa in una situazione difficile, io sono consapevole che tra noi non potrà mai esserci nulla... voglio scusarmi con te perché per te provo soltanto amore, e voglio scusarmi con te per quest'altra cosa che ti ho appena detto. Se potessi mi scuserei anche d'essere nato.»

Vorrei baciarlo e regalargli un'emozione che, a quanto pare, io e soltanto io potrei procurargli. Per gentilezza. Ma sarebbe un enorme errore di valutazione. Non posso illuderlo. Lo ringrazio e gli assicuro che non c'è nulla di cui scusarsi. Gli dico che ho un carattere solitario ma che lui rimane una delle persone migliori che abbia mai conosciuto. E anche questo è stato vero. E dopo tutto questo, non vuoi farmi un sorriso?

5

Poco tempo fa avrei giurato che il mio compleanno si sarebbe rivelato un giorno estremamente pericoloso. Ventiquattro anni fa, nascevo. Mio padre interrompeva le riprese di un film e attraversava l'Italia per raggiungere mamma a cui io imponevo il parto cesareo, ben conscia della grossa fregatura che mi attendeva. Pigra, nata senza sforzi. Papà mi prendeva in braccio, mamma chiedeva con la voce resa ancora più soffice dall'anestesia: «Com'è?» Papà rispondeva: «È la *Nona sinfonia* di Beethoven.» Mamma sceglieva di chiamarmi Duna, per via del viso che diceva essere di un tondo perfetto. Ma le dune sono accumuli sabbiosi modellati dalla forza dei venti. Non scelgono nulla, vengono spostate. La gente che ci va le fotografa e poi le abbandona. Non ci si può vivere.

Invece è stata una bellissima giornata. Sono rimasta in ufficio fino all'ora di pranzo. Evelyn mi ha fatto trovare un *almond croissant* sulla scrivania con una candelina su cui ho soffiato il desiderio di riuscire a scrivere un romanzo compiuto.

Il mondo sta esaurendo gli spazi dov'è ancora possibile incontrare nuove persone e ambire a essere originali. Ma la natura umana è insuperabile e l'uomo vorrà sempre continuare a incontrare e ad ambire. Lo spazio bianco che ho sempre avvertito tra me e gli altri tornava a essere quello di una pagina vuota, e la mia incomunicabilità tornava a possedere un senso. Volevo incontrare e ambire.

Martin mi ha regalato un mazzo di ventiquattro rose gialle. Secondo vari studi, giallo è il colore preferito dei pazzi.

Sono riuscita a rendermi conto che ho la fortuna d'essere circondata da persone che emanano calore umano.

Il pomeriggio ho camminato per Londra con Clement. Mi sentivo leggera a Hyde Park, come se il mio letargo disturbato dagli incubi fosse arrivato a un risveglio. Sul lago c'era una gara di canottaggio. Cinquantenni corpulente non sentivano freddo e remavano. I cigni e le oche erano schiacciati sulla riva o a terra. Una bambina stava dando loro molliche di pane. Con sentimento avvicinava la mano alle bocche affamate, che emettevano suoni apparentemente feroci. Era tranquilla, non aveva paura d'essere morsa. Aveva ragione: lei non l'avrebbero mai attaccata. La grazia, la timida vivacità. Sembrava una Madonna in miniatura. Vestitino azzurro, calze spesse, scarpe da trekking, occhi grandi e chiari che cadevano in giù a forma di lacrime. Avrei voluto prenderla e portarla via. Dentro un carillon a guardare il vortice di una ballerina in ceramica, con nessun altro movimento plausibile. E il suo sguardo leale non sarebbe stato interrotto da nessun dramma. E il tempo non le avrebbe rubato l'infanzia. È una bambina studiosa, ne sono sicura. La calligrafia dolce di un cuore paziente.

Abbiamo mangiato un panino con il falafel sui divanetti a forma di piramide di Cafe Casablanca. Un morso al falafel, fedeli al proprietario. Un sorso di Coca-Cola, infedeli ad Allah. Forse si può essere fedeli soltanto ai tradimenti.

Clement ha un lessico tutto suo. Stronca canzoni «color pastello» o «ovatta», artisti «falsi americani», dichiarazioni «di pongo», e libri «gelatina». Ha la sfrontatezza di chi ha saputo essere prepotente come un motoscafo per accorciare la lontananza tra la sua identità e la sua vita.

Il proprietario del posto si chiama Assad e avendolo riconosciuto si è seduto al tavolo con noi, oppure lui usa fare così in generale. Viene dall'Afghanistan, e dopo averci detto che Londra è più violenta di Kabul ci ha regalato un bellissimo proverbio afghano: «Voi avete gli orologi, noi abbiamo il tempo.»

Ho ondeggiato a lungo su un'altalena scricchiolante. Clement ha provato a dissuadermi, alla fine ha rinunciato ed è rimasto il suono cimentoso del legno. Gli ho sfiorato la testa con i piedi. Il tempo era sospeso come il suo sguardo. Ho lasciato le corde e in un volo gli sono piombata davanti. Mi ha preso in braccio e poi mi ha rimessa a terra, senza fare altro.

«È tutto un gioco per te?»

«No» ho risposto sperando di non essere presa per gioco.

Ho guardato le mie mani segnate dalla iuta; una vescica per palmo. Ora sono doloranti, ho pensato, di un dolore inavvertibile mentre me lo procuravo, anche quando già c'era.

Abbiamo continuato a camminare fino alle due del mattino. Non ho controllato l'orologio, avevo il tempo.

Sotto il portone del mio appartamento, che paura allontanarmi da lui, che paura avvicinarmici. Per ingannare la timidezza e non salutarlo, parlavo ininterrottamente.

«C'è solo una cosa di cui io sono a favore, e questa è la censura. Ti stai zitta?» mi ha sorriso, e io ho vissuto il silenzio più lungo della mia vita. L'ha interrotto dicendo: «È ovvio che noi adesso ci dobbiamo baciare.»

Io gli ho detto che non avrebbe dovuto dirlo. Lui ha graffiato in aria una serie di dubbi: «Ma come facciamo? A me viene la nausea a pensare di dovermi fidanzare, e se penso alla fedeltà ingiunge il vomito. Tu vorrai sicuramente vincolarmi a te...» Un po' spaesata ho risposto: «Non ti voglio vincolare a me.» Lui ci ha scherzato sopra: «Mi stai convincendo a baciarti?» Io ho indietreggiato per finta: «No, infatti tu stanotte non mi baci.» Mi ha preso per la giacca: «E invece ti bacio.»

Dopo due settimane abbiamo fatto l'amore, e come nello schema più banale io ho cominciato ad affezionarmi ancora di più e lui ha cominciato a diventare sempre più sfuggente. Nessun corpo mi poteva interessare se non il suo, che mi sembrava un paese, e per quanto io fossi soltanto una turista, una straniera che non chiede indicazioni perché vuole perdersi, la sua lingua sconosciuta dentro la mia era un piacere comprensibile.

Questa sera siamo al Nomadic Garden. Ragazzi vestiti come degli hippie degli anni Sessanta suonano la chitarra, gli sciamani tamburellano i bonghi e i metallari più in là sembrano provare ribrezzo. Lasciano che a parlare sia la loro immagine, mentre ogni parola di Clement è svogliata oppure offensiva.

«Scendi dal piedistallo. La smetti di avere questa faccia da stronza?»

«Ma che cazzo vuoi?»

Bene, sempre peggio. O meglio: nel suo al di là. È soltanto un altro dramma. O un déjà-vu dei falsi drammi: la preghiera fatta a pezzi e le consolazioni postume. Gaya che, come con Nico, mi consegnerà quella bugia scabrosa: chi ci perde è lui.

«Duna, io volevo divertirmi, ma tu non sei una persona leggera. Non ha molto senso proseguire» mi dice tranquillo e brutale, alzandosi per andare a lasciare il suo tag insieme ai ragazzi dei graffiti. E per andarsene dalla mia vita. È un *clic* tra la luce e la polvere. È un programma televisivo: dall'intrattenimento all'adesso abbiamo bisogno della vostra attenzione, stanno morendo dei bambini. È una rabbia che picchia infame nella pancia e sembra antica. Come se tutte le donne della mia famiglia mi zompassero sulla schiena e secoli di dolori si attorcigliassero attorno alle mie budella innocenti.

Sta per venirmi un attacco di panico. Non ho cenato, ho fumato una canna e bevuto tre birre. In più, nessuno è da solo in questo posto. Sono tutti in gruppo, seduti in cerchio, vestiti uguali. Devo andarmene.

L'essere donna comporta gli spaventi a tarda notte, ma questa notte io non li provo. Il mio cuore si sta assottigliando e l'indifferenza si presenta come la risposta adeguata. Credo di aver sbagliato a comportarmi sempre docilmente nel mondo. Cammino per due ore. Percorro chilometri di buio in solitaria, come in guerra e come in mare. Se servisse un martire, lo farei io Giordano Bruno. Se foste pronti alla morte per un'idea, io imbraccerei un fucile anche senza idee.

È l'una. Voi avete gli orologi, io ho il tempo. Non passa neppure l'ombra di un taxi. Cerco il mio telefono nella borsa e non lo trovo. Tra poco gli elicotteri mi circonderanno, un faro indicherà il mio corpo fragile, mia madre griderà: «È lei!» Si calerà giù dal cielo, angelo nel paracadute.

Frugo nelle tasche e soltanto adesso mi accorgo di avere indosso il Barbour di Clement. Trovo una bustina di polverina. Ne stiro la metà con la carta di credito sulla tessera dello studente che, a quanto pare, ancora conservo. Faccio un gran casino, alcuni granelli vanno persi. Quella che rimane me la presso nelle narici con le chiavi dell'appartamento. La mandibola si cristallizza e io non ho più un peso, veleggio.

Mi sorprendo nel vedere una farfalla che mi taglia lo sguardo. Mi immedesimo nella confusione che sta provando. Allora adesso c'è l'uragano dall'altra parte del mondo. Il lento procedere della guerra è qui, e non ha niente di cinematografico. Nella mia clessidra scorre disperatamente il tritolo e può portarmi a compiere delle azioni. Delle azioni anche gravi, ma pur sempre delle azioni.

Uno che sembra Bob Marley mi chiede se ho del metadone. Gli rispondo che stasera sono uscita di casa senza.

«Fai finta di avere una casa, topina.»

Devo essermi ridotta uno schifo. Gli sorrido e mi chiedo: chi mi ha ridotta così?

Mi trovo sul Blackfriars Bridge. È giunta la notte in cui mi assento dalla gara per principio. Quale, non so. Quelli saldi sono due: amore e violenza. Non so né amare né violentare le vostre regole. E mi detesto quanto detesto voi che non siete la mia famiglia. E mi sembrate tutti dei maiali. Mangiamerda arrivisti, vaiasse stupide e cattive, infidi leccaculo del potere. Voi non morite, allora muoio io. Mi butterò, senza lasciare nulla di scritto. Allargando le braccia come una croce umana.

Le gru che mi circondano da dietro la schiena sono scuri colli di giraffa o zampe d'insetto. Il London Eye è un giro di giostra fermo. Il Tamigi, solitamente mosso, è una lapide nera senza prospettiva. Senza prospettiva sono anch'io. Le mie gambe conoscono l'automatismo del camminare, ma se potessero gattonerebbero o si nasconderebbero sotto la gonna, tra le gambe che profumano di crema della Madre. Di mia madre.

Piangendo sono arrivata alla fine del ponte. Ci tornerò, prima sento il bisogno di camminare ancora un altro po' senza una meta e di guardarlo in faccia, mentre dorme, questo mondo che mi stermina.

Passo davanti alla Tate Modern che adesso mi sembra una centrale nucleare. Poi mi pare abbiano una carica magnetica le piastrelle rosse e bianche di Five Guys. Sento i resti degli odori del fritto, della senape e dell'hamburger. Penso di volere un milkshake. Di notte voglio fare colazione. Di mattina voglio dormire. C'è qualcosa che si inceppa in me, un fuso orario che non segue ritmi vitali.

Sento odore di piscio. Puzza di piscio, il fondo che sto toccando. Nella vita succede di toccarlo; il fondo non lo si può scavare e scava dentro. Sotto il fondo non c'è un altro fondo. Si finisce d'esistere, qui.

Una volpe mi fa ombra. Si colloca dinanzi a me e inclina il muso. Sono animali frequenti a Londra ma di solito fuggono in cerca di un parco. Lei mi scruta, la scruto anch'io. *Nonnina reincarnata, vecchia volpe!* Cerco un dialogo, quando provo a dirle che posso frugare nei secchi dell'immondizia per trovarle del cibo scappa via. E mi getta nell'immondizia anche questo abbandono. Se mi avesse seguita, se fossimo diventate la stessa creatura, avrei potuto coltivare un ultimo dubbio.

È l'una e mezza. Voi avete gli orologi, io ho il tempo. È Martin che parcheggia la sua macchina modesta. La utilizza di rado quando sa che il lavoro è molto e lo condannerà in ufficio fino a orari illegittimi, e nessuna gloria. Scende e si raggiusta gli occhiali da vista. Anticipo il prossimo gesto: la mano a stropicciarsi la barbetta incolta.

Un ragazzo gli si avvicina a passo compito. Gli dice che non può parcheggiare perché questa, e fa dei movimenti circolari con il braccio a tentacolo come a scolpire dei confini, è zona sua. È un sopruso, Martin ha tutto il diritto di parcheggiare lì e glielo fa presente. Il ragazzo gli intima di guardarlo negli occhi che non sa di non avere. Martin lo fa e gli arriva un pugno dritto in faccia. La sua guancia sconvolta ammortizza il colpo, gli occhiali cascano senza rompersi. Con un piccolo balzo tenta di allontanarsi. Altri due ragazzi lo raggiungono, spedendo i loro corpi posseduti. Uno tra i due schiaccia gli occhiali. Sono una baby gang. Coordinati i movimenti e le occhiatacce, si fanno forti su un debole.

Martin rimane una figura nobile. È un uomo che resta impassibile e accetta la sua storia. Dice di non cercare guai mentre nell'abbozzo di un moto precario prova ad avviarsi per spostare la macchina, ma i tre lo buttano a terra. Ridacchiano vuoti e cominciano a riempirlo di botte. «È troppo tardi, ormai ci hai già provocati» dice il leader.

Se l'uomo è una notte, a ognuno di noi spetta almeno una notte violenta. Se avessi un telefono, chiamerei la polizia. Torno a comprendere l'insidia del buio: io non posso aiutarlo, posso soltanto sperare che non lo ammazzino e attendere che corrano via. A quali case, a quali madri?

Sono le due. Voi avete la crudeltà gratuita, io ho il tempo. Martin è riverso in una pozza di sangue, il volto tumefatto e le mani a coprirsi lo stomaco.

«Non c'è speranza, in questo mondo non c'è speranza.»

Sembra cantare, gli vado incontro.

«Non farmi male» mi dice. Sprovvisto dei suoi occhiali e frantumato, non vede più quasi nulla.

«Martin, sono Duna.»

«Du-na» balbetta il mio nome.

Si regge a me come un ubriaco. Percepisco un suo imbarazzo, forse perché non ha saputo difendersi, ma era impossibile, o probabilmente non sta pensando a niente, ha dolori fisici sparsi ovunque e vuole soltanto dormire. Lo accompagno seguendo i suoi passi incerti. Riesce a riconoscere la casa dove abita. Resto ferma a guardarlo come un uomo che aspetta che la sua bella chiuda il portone.

Mi sento chiusa in un bunker dove miliardi di volte ho percorso la stessa scaletta che mi ha portato a raggiungere miliardi di volte la stessa porta murata in titanio e acciaio. Percorrere miliardi di volte la stessa scaletta e ogni volta sperare che la destinazione sia diversa e coincida con una via d'uscita: se non è follia, questa, cos'altro lo è? Ma da una stretta feritoia si ostina a penetrare la luce della mia empatia. Martin ora è al sicuro dalla donna che non ama. E io provo per lui quello che la volpe ha provato per me: Empatia.

L'empatia lascia il posto a un'agra certezza: un mondo

che picchia un uomo come Martin non è il mondo in cui io voglio vivere. Torno sul ponte.

Ritrovo nella borsa il bigliettino della dottoressa. Lo avvicino agli occhi e la visualizzo; se anche il suo volto pulito sapesse lenire il disastro che mi porto dentro, il destino ha voluto che non avessi con me il cellulare. Gli do la forma di una barchetta sbilenca, lo getto nel Tamigi e mi sporgo.

Un uomo brancola nella mia direzione. Tengo le mani sul parapetto, lo ignoro e continuo a guardare giù.

«Ragazzina», mi afferra il braccio destro quasi fino alla lussazione e cominciano a tremarmi le gambe.

«Lasciami stare» riesco a dire.

«Non voglio farti del male», ma mentre lo dice tira fuori una pistola.

È la prima volta che vedo un'arma da fuoco e non so se ho ancora voglia di bruciare. Indietreggio, ma lui mi tiene stretta. Indossa una giacca a quadretti molto brutta e troppo leggera, a cui sono saltati dei bottoni. Ha la faccia di un uomo gentile e disperato. E, forse, verrò uccisa da un uomo gentile e disperato. Lo guardo meglio nel minuto di silenzio in cui lui sembra cercare delle parole, e l'affanno nel suo alito mi opprime. Ha il corpo morbido di un bambino cresciuto con il burro, i capelli brizzolati, gli occhi infossati e color ambra, che a seconda di come si spostano diventano più chiari o più scuri, e talvolta incontrano lo sguardo migliore che un uomo può avere: lo sguardo di un cane solo, come lo sguardo senza malizia di un popolo ormai scomparso, nella fotografia in bianco e nero di un battesimo di famiglia che sintetizza un'intera epoca.

Nulla è come sembra, ma, alle volte, capita di credere soltanto alle prime, vaghe, impressioni. Mi capita ora nello sfolgorio dorato di un lampo: sono certa che quest'uomo non mi farà del male. Il tuono che si sente subito dopo, con il suo impatto secco, significa che il fulmine è caduto a pochi passi da noi. Per il resto, il cielo è sereno.

«Ti chiedo un favore, ammazzami» mi dice.

«Non ho capito.»

«Devi ammazzarmi! Devi spararmi da lontano, ché si capisca che non è stato un suicidio.»

«Io... mi scusi, non sto capendo. Me ne vorrei andare.»

«Aspetta. Se ti spiego, c'è la speranza che tu possa cambiare idea?»

«Non lo so.»

«Non è un'imboscata, non voglio rovinarti la vita. Per te non ci sono rischi, non mi conosci. Nessuno risalirebbe a te. La pistola l'ho rubata al mio capo. Tu spari e poi la lanci nel fiume, basta il bossolo per risalire a lui.»

«Non si manda un innocente in carcere.»

«Non è questo il punto. Avrà un alibi, probabilmente non si saprà mai chi mi ha ucciso. Ma si deve sapere che mi hanno ucciso. Sono stato licenziato in tronco... Sai cosa mi hanno detto? "Abbiamo bisogno di facce vincenti." Abbiamo bisogno di facce vincenti! La mia ti sembra una faccia vincente?»

«Non so cosa sia una faccia vincente.»

«Lo sa il mio capo, una faccia vincente è la faccia di un giovane che finito di lavorare potrebbe benissimo scoparsi una modella di Victoria's Secret.»

«Ho capito...»

«Io ho la faccia di un cinquantenne distrutto, non giriamoci attorno.»

«Perché vuole essere ammazzato?»

«Ho tre figli e una moglie casalinga. Conosci il mondo delle assicurazioni?»

«Non sono un'esperta», simulo qualcosa di vicino a un sorriso e lui inaspettatamente lo ricambia.

«Con cinquantadue pound mi sono fatto una bella assicurazione sulla vita. Ma è più difficile del previsto assicurarsi la morte. L'assicurazione risarcirebbe la mia famiglia, in caso della mia prematura scomparsa, di trecentocinquantamila pound... Hai la faccia buona, ti prego, ammazzami.»

«Non ci riesco, mi viene da piangere.»

«È un mondo violento, violentissimo... Capisco, un sistema che porta un uomo a doversi fare ammazzare. Deve crepare il sistema, non l'uomo! Eppure il mondo è pieno di persone giuste che sopportano ingiustizie, di persone che non ne ammazzerebbero mai un'altra. Ho cercato in tutti i modi di farmi fare fuori, sono sceso all'inferno.»

«E?»

«E vuoi sapere cos'ho visto? Ho visto che peggio della morte c'è la vita invivibile. Facciamo in fretta, non posso più aspettare. E più passa il tempo, più diventa pericoloso.»

«Non ci riesco.»

«Ho visto! Ho visto che avevo tre mesi di vita, tre mesi prima del pignoramento... e ora manca una settimana, il mutuo arretrato è un cappio al collo... mi lacrimano gli occhi?»

«Forse... non so se è un riflesso...»

«Riflesso di cosa? Ho visto l'oro di mia moglie finire su un bilancino e valere meno del previsto, l'ho visto scivolare in una scatola di latta con tutti i nostri ricordi. Ho visto colazioni senza biscotti e docce cortissime. Proprio io che avevo bisogno di farmi delle docce interminabili per pulire via il disgusto quotidiano... ho tradito la mia indole tradendo gli altri, ogni giorno pianificavo un torto, ho fatto scorrettezze inimmaginabili a chiunque, amici di una vita, parenti, sconosciuti... e vaffanculo, ho visto che nessuno ammazza più nessuno oggi! Tutti perdonano tutto! Nessuno reagisce. Ragazzina, mi aiuteresti, salveresti la mia famiglia dalla miseria, ho una figlia che ha la tua età... L'ho vista rubare da Tesco un pacco di assorbenti e una tavoletta di cioccolato...»

«Quanti anni ha?»

«Diciotto. È una ragazza forte e perbene. Ora vuole smettere di studiare, non posso lasciare che accada.»

«Io ne ho un po' di più.»

«Vuoi dei soldi per la droga?»

«No, ma cosa dice?!»

«Non lo so, sto impazzendo e tu hai della neve sotto le narici. Ti prego, sparami.»

«Mi dia la pistola» dico pulendomi il naso.

Afferro la pistola ed è già un errore. Pesa molto più di quanto immaginassi e non so dove sia il grilletto. La studio con la repulsione con cui guarderei l'immagine di un corpo seviziato, mentre lui mi dice che è carica e devo solo premere. Mi allontano di qualche metro. La punto nel raggio della sua testa. Mi chiedo dove si sia rintanato Dio e sparo. Manco il bersaglio. Lascio la pistola a terra e mi sento pronta a correre via dal suo grido d'aiuto, e da tutto quello che ha visto prima d'arrivare di fronte a me. Incontro la resa e spero d'incontrare presto anche l'alba. Poi milioni di clacson che suonano.

Mi chino a uovo, disidratata. Nelle orecchie ancora l'eco del proiettile e negli occhi il corpo sacro di quest'uomo.

La città è sotto assedio e lo sappiamo soltanto io e lui, lui che raccoglie la pistola e nuovamente me la porge. Mi rialzo di scatto e vedo puntini bianchi nell'ombra di una sagoma. Lui rimane immobile e quando riacquisto la mia vista abituale osservo il suo braccio teso verso il mio volto e la stessa pistola che mi punta. Scuote la mano per dirmi di prenderla, io scuoto la testa in segno di negazione.

«Un arsenale di armi silenziose si è impossessato del sistema, non vediamo fosse comuni in città perché ognuno deve vedersela da solo... Non sono un assumibile, mi può assumere solamente il nuovo schiavismo. Cerca di capirmi, non c'è più posto per quelli come me.»

Sospira calmo, come se stesse cambiando strategia. In fondo lui ha un obiettivo, io no.

Io devo fuggire da quest'orrore finché non diventerà soltanto l'incubo sbiadito di una notte sbagliata, di un crinale senza amore. Non mi sono mai avvertita così lontana dall'Italia come adesso. E mi manca, l'Italia.

Fa un freddo che martella le ossa. Ma non tira un soffio di vento che riesca a spostarmi da qui.

«Se mi uccidi trionferà la vita. Il mio è un gesto d'amore! Pensa all'amore che hai dato e spara. L'amore... non domina il mondo ma costringe alcuni uomini, i più valorosi, in catene. Io amo le mie catene, per queste catene, per mia moglie e per i miei figli, ti chiedo di provarci ancora. Un ologramma che non sono io sanguinerà, non è mio quel sangue, il mio sangue sta soltanto dove ha senso: nelle vene dei miei figli. Ragazzina, ti prego, riprovaci.»

Sto quasi per inciampare quando riafferro l'arma con rapidità e per poco non mi cade e non mi parte un colpo. Sento boccheggiare, dentro me, un'avversione caotica a ogni ansimo dei suoi respiri, spezzati da frasi scellerate, che potrebbero anche commuovermi se solo non fossero reali.

«Vedila in questo modo: sono un uomo in gabbia. Amo le catene, ma odio la gabbia, perché la gabbia non l'ho scelta io. La gabbia è appesa a una corda che ogni giorno la fa sprofondare sempre più giù nel letamaio... Annega nel letamaio, non può che continuare a scendere nel letamaio. Io so quello che dico, io so cosa sono il letamaio e la gabbia, e so bene che con me ci ho costretto mia moglie e i miei bambini. Se esco io, liberi tutti. Vedila in questo modo: io sto combattendo e tu mi stai aiutando.»

I suoi occhi rilanciano infinite volte, come in una stanza di specchi, un'ingenuità blanda che trasuda qualcosa di sudicio e di umano insieme. Io vacillo, eppure ormai sono lucida. Atrocemente lucida, e lo è anche quest'uomo che non puzza di alcol ma odora di canfora, come fosse stato cellofanato dentro un armadio vecchio e umido per alcuni giorni.

La sua fronte madida ora è distesa: la vena che si era formata, verdognola, mentre parlava è svanita. Si accende una sigaretta: «L'ultima, domani smetto.» Ha anche il coraggio di riderci sopra, io sorrido e poi mi prende uno strano tic mai avuto: i miei occhi si contraggono e la parte sinistra del labbro superiore si solleva come accalappiata dalla lenza di un pescatore o dal filo di un burattinaio.

Mi stringo all'attaccatura dei miei capelli con la mano che rimane libera, per sentire se la testa è diventata vuota e squilibrata. È sufficiente considerare quale prezzo intrattabile varrebbe questa pazzia per non abbandonare la ragione e fare un passo indietro. Non posso pensare di togliere la vita, ma continuo a pensarci.

Si sta godendo il fumo con una grande pace che conosco e che, però, a vederla aleggiare su di lui mi spaventa. Il fumo sta battendo dentro il suo corpo e quando esce fuori è il grigiore estremamente denso di un triste crepuscolo.

Cerco di nascondermi dentro la trincea dei miei ricordi più puri. Ho otto anni, un grembiule e una fascia elastica a tenermi indietro i capelli, la uso per raccogliere un uccellino, appena nato è caduto giù da un nido finendo sull'asfalto. Mastico dei semini e li risputo nella mia mano per tre settimane, finché l'uccellino non si riprende e spicca il volo.

Io non ho spiccato il volo. Io sto per accasciarmi, le ginocchia stanno cedendo o così credo. Invece resto in piedi, con la pistola tra le dita appiccicose di sudore. E i ricordi si fanno ustionanti. C'è l'estate in campagna e ci sono io che rincorro i grilli per ficcarli in una bottiglia vuota e osservarli saltare e saltare, senza sosta, saltare comunque. A fine giornata li liberavo, ma molti erano già morti.

Faccio tre salti e anche questi non mi spostano. Sono io il grillo nella bottiglia. Credo di avere il colorito invisibile di un fantasma, un tremolio mi assale e ho paura che sia un'emozione perfida. È questo scempio la mia storia?

«Non ti preoccupare. Sto in braccio a Dio» mi dice.

«Non so dove siamo» rispondo senza accorgermene.

Si guarda attorno e abbozza una smorfia allegra: «Io sto andando al purgatorio» sussurra riposizionandosi dov'era quando ho esploso il primo colpo.

«Che ore sono?» gli urlo.

«È scaduto il tempo» risponde senza urlare, con un tono convulso ma fioco.

Dovrei trovare il coraggio egoista, quindi giovane, di far vincere il mio oblio: premere la pistola alla mia tempia e spappolarmi il cervello. Come fosse un giocattolo. Eppure allungo le braccia, l'arma è stretta tra la mano con cui scrivevo e l'altra con cui fumo. Prendo la mira. Lo guardo e poi non lo guardo più.

Sparo. Muore.

6

La vita del mondo è uguale a quella di ieri. Dio è in competizione con gli dèi e gli dèi con noi, come ogni giorno. Il sole sta sorgendo, come ogni giorno. Semafori e lampioni fra i massacri quotidiani, come ogni giorno. Io dipendo dalla nicotina, come ogni giorno. Ma il ricordo generico delle mie suole a calpestare le strade non mi affatica e ho ucciso un uomo. Non so che farmene di queste due differenze. Posso soltanto correre. Ho scaraventato la pistola nel fiume con una forza che non mi è mai appartenuta. Ho fatto un favore e nessuno risalirà a me. Non perdo contatto con il mio corpo, riesco a correre e a sentirlo vibrare. Strofino via le lacrime dagli occhi, e corro.

Operai marciano verso un nuovo cantiere. Tra di loro riconosco uno dei ragazzi dell'assalto a Martin. Era il meno prepotente. Quello che si lascia trascinare, non per questo da assolvere. E io sono da assolvere?

È troppo presto per pormi questa domanda. Ora, ormai, cammino. Sospinta da un vento esterno che si posa su di me. Percepisco un vago brusio, che poi viene inghiottito da rumori bianchi. E bianche sono le esalazioni fumose dello smog e della nebbia. Nel '52 una simile patina uccise dodicimila persone in cinque giorni. Non credevano di stare in fabbrica.

Ho ucciso un uomo. Non so dire se ci credo.

Guardo la massa che produce e che consuma. Io non sono la massa, poco prima della sua estinzione. Non mi lascio toccare. Io sono la distanza. Io sono il vuoto che rimane quando la massa si scompone e ognuno rincasa. Quando un solo uomo si affida a una sola donna.

Ho fatto sparire un uomo. Anch'io sparirò. Nell'attesa, non posso più avere timore di vivere. Sento il timore sparire. Una lievità inaspettata si fa largo in me. In metro, le facce dei cittadini hanno sonno, alcuni sbadigliano. La mia faccia sbiadisce nel riflesso del vetro. Mi osservo e non mi riconosco.

Non la massa, ma la distanza, il vuoto che rimane... Concretamente mi chiedo: chi è? Chi è questa ragazza, con indosso un Barbour maschile, il trucco colato sotto gli occhi gonfi da superstite? Lo sguardo annichilito indugiava il suicidio. E sulle spalle, adesso, la novità di una macchia.

Esplose due colpi contro il sistema? Troppo facile. Chi è? E qual è la sua ragione intima? Quel poveruomo non poteva sapere di aver incontrato la malata giusta. Sono due le vittime cadute in un'assurda battaglia? Non sembra importarle. Lamentarsi può essere il segno che non si abbia sofferto alcun dolore. È schiva, non ha il ghigno dell'offesa. È gracile e sembra aver bisogno di una cuoca italiana sulla settantina, poche parole e sapori genuini. Sarebbe perfetto trovarla in una bettola. Dopo troppo freddo, come un viandante sedersi per ordinare una minestra calda. La vedo avvicinare il cucchiaio alle labbra screpolate, mordere piano una bruschetta di pane intrisa d'olio su cui è stato passato l'aglio.

Con una spinta, ora, potresti romperle ogni arto. Non la spingere, Duna.

Chiunque lei sia.

Parte seconda

7

A messa finita, don José, che era solito citarmi nelle sue omelie come esempio incontestabile d'assenza di malignità, mi apriva la porta della sua stanzetta al lato del presbiterio. Un grosso armadio di legno marrone scuro impegnava quasi tutto lo spazio ristretto, con all'interno il camice e la stola, e i paramenti, che a seconda della stagione liturgica erano di un colore diverso, e a ogni colore un suo significato. Bianco per la fede e la purezza, rosso per la passione e il sangue del martirio, viola per la penitenza, verde per la speranza della resurrezione, rosa per la terza domenica dell'Avvento e per la quarta di Quaresima, azzurro per Maria, e infine l'oro che scombina il calendario e per ogni evento solenne, che sia un matrimonio o un funerale, si erge a favorito contro gli altri colori. Anche il prete come un uomo si veste e si sveste, ma vestendosi s'allontana dall'uomo, poi richiudendo a chiave l'armadio colorato come quello di un arlecchino torna ad avere fame, sonno e sete. Un grosso armadio di legno marrone scuro, con all'interno soprattutto il Corpo di Cristo. E per quel Corpo, don José era solito aprirmi quella sua piccola stanza, così triste e così umana. Mi voleva bene perché vedeva in me la luce della vocazione. In effetti, in quegli anni l'avevo. Ascoltavo, senza mai un secondo di distrazione, ogni suo sermone. Sapevo a memoria ogni preghiera. Mi confessavo ogni sabato: «Don José, ieri ho detto una parolaccia. L'altro ieri ho accarezzato poco il mio cane. E non mi sono impegnata a fare i compiti, li ho fatti perché li dovevo fare, ma li ho fatti male.» Guardavo la croce in testa all'altare e pensavo: grazie, grazie, Gesù, che sei morto per me e oggi mi proteggi. Ma soprattutto fissavo con un'intensità irrecuperabile ogni singola bocca che diceva «Amen» e poi ingoiava dalle mani del prete mio amico il corpo di Cristo, che io non potevo ancora assaporare. Non potevo infilarmi furtivamente in quella fila, come avevo sognato troppe volte, e far finta di niente. Mi sarei macchiata di un peccato immondo che nessun rosario avrebbe mai ripulito, e poi don José era il mio catechista, sapeva che mancava un anno alla mia Prima Comunione.

Era viola il suo colore, era quindi quasi Pasqua. Gli feci la domanda che tiranneggiava nella mia piccola testa da mesi: «Don José, di che sa l'ostia?» Lui sorrise e per la prima volta mi portò in quella sua stanzetta, tirò fuori dall'armadio sia il sangue che il corpo, ma a me del sangue di Cristo non importava, intuivo che non avrei mai avuto la forza né la possibilità di bermelo. Mi fece un regalo: «Questa non è consacrata, assaggiala.» Forse mi commossi, forse ero felice come non lo sarei mai più stata, forse uscii da me stessa, sicuramente ondeggiai. Diventò un'abitudine, vivevo ogni messa aspettando la sua fine, vivevo ogni fila per la Comunione con più leggerezza, con il mio segreto in tasca, scioglievo ogni ostia in bocca aspettando la prossima. La domenica, il giorno più odiato da ogni bambino degno d'essere chiamato bambino, era diventata il mio giorno preferito.

Credo fosse tutto illegale, non credo si possa regalare in questo modo l'ostia. Perché lo faceva? Secondo me, sperava che un giorno mi sarei fatta suora. Ogni uomo vuole incidere sul futuro di qualcuno. Nessun uomo può farlo totalmente, se non un prete. E don José sapeva d'avermi cambiato i pensieri con i suoi insegnamenti, grazie al suo carisma. Quel prete bello e giovane come ogni eroe, vitale come ogni sudamericano, avrebbe potuto modellarmi a sua immagine e somiglianza. Ma sapeva anche che sarei cresciuta e che il suo carisma, seppure abbondantissimo, non sarebbe mai bastato. Serviva uno strappo pagano alla regola sacra. Serviva un rito occulto, soltanto nostro, serviva un anno di ostie clandestine. Serviva chiudere un occhio e la Bibbia, serviva farmi sentire speciale: la protagonista del retropalco.

Don José. È stato lui il primo uomo che ho amato, il primo uomo che ho deluso? Vestita come una sposa bambina, pregai con ogni viscera, prima di prendere il Corpo di Cristo e scoprire che il sapore era lo stesso delle ostie non consacrate che da un anno mi pappavo. Lì, lo amai. Vestita come una ragazza che se la va cercando, secondo quel laido paradigma, fumavo e bevevo insieme a Veronica, a piazza delle Muse, vicino alla chiesa che un tempo fu mia. Lì, lo delusi. «Duna» mi disse, «come stai? Quanto tempo. Perché non sei più venuta a messa?»

Incontrarlo per caso, dopo anni, e incontrare, per caso, il senso di colpa. Colta in fallo, sporca senza esserlo; ma non conta esserlo, basta sentircisi. Incontrarlo per caso, dopo anni, e non cercare espiazione. Sentirsi pronta a tradire il buon maestro con il primo cattivo che passa. Assecondare ogni mio demerito e, per caso, non credergli più. «Non credo più in Dio» gli dissi convinta. E lui sorrise: «Sapevo che avresti fatto questa fine. Ma non è vero, e non è la fine. Un giorno, per caso, ci tornerai. Io perdono questo abbaglio e questa bugia. Sei ancora buona e pura, sei ancora come ti ho conosciuto.»

Volerlo incontrare per caso, oggi, e chiedergli quanto sono cambiata. Capirebbe, don José, che ho fatto esperienza del dolore, che l'ho assaggiato per un anno come quelle ostie lì. Capirebbe, don José, che sono meno buona e meno pura. Che ho toccato il fondo, che non mi sono amata. Che mi manca il Corpo di Cristo, quel sapore che non è sapore, garza di carta che si dissipa sul palato, e dura troppo poco. Che sono fuggita dalla Chiesa, dalla casa, da me stessa e dal futuro, perché ho paura. Stenderebbe il velo pietoso su tutto ciò che potevo essere, e non sono mai stata. Capirebbe, don José, che sono ancora come mi ha conosciuto.

Ma capirebbe anche, don José, che qualcosa di scandaloso è accaduto nella mia vita, capirebbe che sono un'assassina. Non riderebbe dei miei peccati e a differenza di come faceva un tempo non potrebbe dirmi: «Son peccatucci, stai tranquilla.»

Quindi oggi il pensiero meschino che mi avvolge è che sia andata meglio così. Il mio papa, don José, morì a trentatré anni ucciso da un clan in Nigeria, durante una delle sue missioni umanitarie in Africa. Io avevo diciassette anni e al suo funerale un vecchio prete, pedante e imparagonabile a lui, era vestito d'oro.

8

Un sistema è formato da parti diverse che svolgono funzioni essenziali per la sua sopravvivenza; quando reagisce ed evolve lo fa come un tutt'uno, seguendo le leggi generali del suo insieme. Il nostro sistema economico non smentisce la teoria. Non essere tutti protetti potrebbe, allora, sembrarci una falla del sistema, e invece è il suo funzionamento. Perché noi non siamo i suoi elementi costitutivi, noi siamo importanti ma non indispensabili. Essenziale è il perenne ricambio nella produzione e il perenne incremento nel consumo. Finché siamo perenni, il sistema ci farà credere che non vuole che crepiamo. È un mutante a cui si possono amputare braccia e gambe, tanto si è già assicurato d'averne altre sostitutive. Bisognerebbe arrivare al cuore. Ma temo che non ce l'abbia. E se anche ce l'avesse, per arrivare al cuore bisognerebbe poterlo guardare da fuori. Ma noi ci siamo dentro. È un casino ed è l'unica analisi per il mio gesto.

Non si tratta di giustificare: io riesco a guardarmi da fuori, e ne ho avuti di ripensamenti sul delitto commesso. In particolare sul fatto di non aver tentato in alcun modo di farlo ragionare. Ero incredula e ho ascoltato le parole di quell'uomo senza avvertire la necessità di trovarne delle mie che fossero convincenti. Non sono stata una cabina telefonica. È ancora in ombra, ma già qui risiede il profilo di uno spirito maligno al mio sguardo.

In un sogno, riuscivo a fargli cambiare idea e successivamente lo aiutavo a trovare un lavoro, diventavo amica della figlia che mi ringraziava per aver salvato la vita al padre. La storia non la fanno i "se". Ma tutti quei "se" organizzavano convegni nelle mie vie respiratorie e mi facevano svegliare con la sensazione di soffocamento e un fischio assordante nelle orecchie, come dopo una notte in discoteca. Ho anche sperimentato due identici episodi di paralisi del sonno. Un uomo senza volto entrava in camera. Io avevo gli occhi sbarrati e non potevo chiuderli. Mi rimaneva una bocca ma non serviva: non uno iato riusciva a salire il corridoio della gola. L'uomo mi si sdraiava addosso e io non potevo muovermi. Sentivo il suo peso ed era il mio macigno. Anche piangere era irrealizzabile, i miei occhi si allargavano come pozzanghere senza poter trovare il mare. L'uomo si trasformava in un lupo dalla lingua biforcuta, con le ali da gufo, e cominciava a sbavarmi in faccia e ovunque. Era una tortura bagnata. Durava sei minuti o sei ore, mi risulta impossibile stabilirlo. Posso dire che finiva, e che nel convento delle mie paure la conclusione era lasciata a metà, mentre si sbrogliavano i miei muscoli di nervetti tesi.

Ho visto la mia coscienza ridursi a uno straccio sporco, e ho sentito di meritarmi una punizione. Ho fumato così tanto da perdere la voce per giorni. Ho pensato intensamente a don José, ogni pensiero finiva per immolarsi al pianto o all'idea di una mia confessione con un altro prete che, poi, scansavo. E scansandola ogni volta, mi rendevo conto di non cercare l'assoluzione: qui, sotto un flebile cono di luce, risiede metà busto di uno spirito maligno al mio sguardo. I «Tu puoi fare tutto» ricevuti in giro assumevano un significato diverso e mortifero.

La notizia è finita sui giornali e io l'ho seguita nei suoi

vari svolgimenti con attenzione. Era stato indagato il suo capo. Prima che venisse prosciolto, mi sono interrogata su cosa avrei fatto se fosse stato ritenuto colpevole del mio crimine. Nella risposta che mi sono data risiede l'intero corpo steso al sole di uno spirito maligno al mio sguardo. Ora potevo riconoscerlo ed ero io: la mia faccia dura, pronta ad autoconvincersi che il capo fosse un uomo senza pietà e che fosse stato lui a ucciderlo, licenziandolo. Non sarei mai andata a costituirmi. Quando si è scoperto che l'uomo aveva da poco acquistato un'assicurazione sulla vita, sono stati indagati anche i parenti e gli amici.

In un incubo, dieci uomini della polizia irrompevano nella mia stanza e, mandato alla mano, mi arrestavano con l'accusa più infamante: omicidio. In tribunale mi spiegavo con la calma di un asceta: «Il criterio della mia condotta va compreso, come insegna Rousseau ho basato la morale sul sentimento.» Forse non mi lasciavo indietro neppure la frase più inflazionata di Kant: il cielo stellato... «Pensate che non sia stato difficile per me? Che non sarebbe stato più facile scappare come una codarda? Quell'uomo si sarebbe ucciso da solo e la sua famiglia non avrebbe ricevuto un soldo, io sono stata un'obiettrice di coscienza, la disperazione dell'uomo sull'ordinamento giuridico. Vi starete chiedendo: con quali diritti? D'altronde non sono un imperatore romano e lui non era un gladiatore, non sono io Dio. Al primo colpo l'ho mancato di proposito, quello che so dei suicidi è che quando si accorgono che stanno per morire non vogliono più morire, ma lui è tornato da me e mi ha scongiurato di provarci ancora, lui mi ha scelta, io ho risposto per dovere. Non dovete credere che io non mi sia contestata, ho attraversato un profondo smarrimento, lo smarrimento di chi ha rotto l'argine. Oggi sono convinta, convinta di aver fatto del bene. A fare del bene non si guadagna nulla, ma non ci si può anche rimettere.» Invitavo al discernimento la giuria composta da mummie, vecchie e giovani, unite dall'indignazione. Erano pronte a condannarmi in una gazzarra da testoline piccolo borghesi, così mandavo tutto a puttane: «La legge! Siamo in presenza di un suo ennesimo cortocircuito, non neghiamolo. La legge è inutile o relativa. Ha collaborato con il male troppe volte. I campi di concentramento e i gulag! Ne vogliamo parlare?» Non ne volevano parlare, allora mi abbandonavo al delirio impotente e citavo la mia vittima: «Un sistema che porta un uomo a doversi fare ammazzare: deve crepare il sistema, non l'uomo! Ma il sistema non crepa, voi lo difendete con le unghie e con i denti, voi lottate per la sua conservazione, io per il suo collasso, voi mummie non crepate! E allora crepa l'uomo. Lo avete ucciso voi, non io! Voi, non io, siete senza umanità! Io mi sono lacerata e non accetto il teatrino... questo putrido vostro teatrino che non ammette sfumature, che vi tiene in vita e a me devitalizza!» Batteva il martelletto, il giudice. Sentenza: ergastolo.

Per diverse settimane ho assunto molto Valdoxan e la mia vita è diventata un'azienda ingestibile. Al lavoro ho dato il minimo. Impiegati nel mio cuore timbravano il cartellino e poi si grattavano le palle. Si facevano dispettucci a vicenda, vivevano di dispettucci. Procrastinavano, fotocopiavano, premevano pulsanti rotti. Addestrati a una sola mansione poco creativa: perdere tempo su inezie. È la burocrazia.

«Sei stanca, Duna, ti vedo persa... Le vitamine, forse ti mancano le vitamine... Ma no, scusa, sei sempre tu, io come mi permetto... La scheda, l'hai consegnata?»

«No, Martin, mi cacceranno?»

«Me ne occupo io, la vuoi una tisana?»

«Sì, grazie.»

Così, mentre sorseggiavo una tisana allo zenzero, Martin componeva per me la scheda sulla sceneggiatura di una serie intitolata *18*. Un mondo distopico in cui i genitori fino ai diciott'anni possono scegliere se uccidere o meno i propri figli. Basta digitare su un apposito cellulare un codice, omega qualcosa. Lo stato si affretterà a mandare i Guardiani del Destino. Bardati, muniti di mascherine, prenderanno il figlio e in apposite dark room gli somministreranno una pillola. È una morte chimica e indolore. Nel nuovo mondo, fino ai diciott'anni, la maggioranza dei ragazzi e delle ragazze vive una vita disciplinata. Ottimi voti a scuola, nessun alcolico e nessuna bugia. I diciottesimi del nuovo mondo sono eccitanti, eccoli ubriachi, immersi nelle orge, i figli che hanno scampato il pericolo. Adesso chi ha superato la scrematura del destino è pronto ad affrontare il futuro. La serie ho smesso di leggerla quando sono arrivati i sedicenni rivoluzionari, che credo siano poi riusciti a cambiare la legge. Io avrei tenuto la linea del mondo distopico. Con il nuovo mondo che si sconvolge a scoprire che i migliori furono uccisi. Che per crescere è indispensabile l'omissione, diversa dalla bugia e che della bugia si serve. Che chi non ha mai avuto un segreto è impreparato ad affrontare il futuro.

Ho condotto varie ricerche su internet. Le statistiche parlano chiaro: si contano più tentativi di suicidio tra le donne, ma si contano più suicidi avvenuti tra gli uomini perché gli uomini usano i mezzi più violenti, quelli senza scampo; l'impiccagione, i binari di un treno, armi. Le donne tendono a impasticcarsi. E tra i suicidi maschili, spesso il gesto estremo è la conseguenza di un disagio economico. Molti sono i padri che non riescono a sostenere di non poter mantenere la propria famiglia.

Sono riuscita a guardarmi con una sincerità spaventosa. Disarmandomi ho ammesso a me stessa che da quando ho ucciso quell'uomo ho smesso di pensare di volermi uccidere. Soltanto in questo nucleo pulsante risiede il mio senso di colpa. Nella sensazione, ogni giorno sempre più una certezza, che avergli procurato quel preciso foro in fronte mi abbia liberata.

Ero in bilico, e colpire la sua testa mi ha fatto vivere la mia stessa morte. L'ho vista. Era lì. Non mi è passata dinanzi, correndo in flashback, tutta la vita. Tutta la vita, ed è solo questa la morte. Deludente come ogni passaggio veloce. Potrei sembrare superficiale. Potrei anche esserlo. Ma, come dicevo tempo fa, le cose quando accadono sono sempre meno potenti di quando ce le siamo potute soltanto immaginare.

Un pomeriggio, le grandi vetrate dell'ultimo piano della produzione mi misero addosso un'insensata allegria. Cominciai a scrivere una sceneggiatura tratta dal mio primo romanzo incompiuto. Il pazzo, questa volta, entrava in un'aula e decapitava tutti gli studenti con la solita mannaia. Stacco sul professore che, imperterrito, continuava a spiegare. Voltato verso la lavagna, scriveva: «Il futuro è no». Sentiva il rumore di una bottiglietta che cadeva e allora, soltanto in quel momento, si voltava e restava immobilizzato dalla scena che gli appariva davanti. Schermo nero, titolo: *Il futuro è nostro*. Quando mi arresi, perché il film cominciava da quella che avrebbe dovuto essere la fine, mi avvicinai a una delle vetrate. Evelyn era già andata via, Martin pensavo fosse in bagno. Hugo aveva gli occhi bassi sulle sceneggiature; credo non si fosse neanche accorto che mi ero alzata. Avevo già sfiorato l'idea, ma quel giorno, per la prima volta, c'era qualcosa di diverso. C'era un mostro che mi inseguiva. È una metafora da quattro soldi per dire: insostenibile dolore, o era un mostro vero e io provavo a fuggire. Lo avevo già incontrato e la scelta giusta era sempre stata quella di lasciarsi sbranare, lasciarsi fare a brandelli. Ma con il tempo il mostro si era fatto più grosso, e nella fuga può assalirti il panico, in un secondo impazzisci e muori. Ogni tentativo di suicidio è anzitutto un tentativo irrazionale di salvezza. Ingurgiti un veleno, ti tagli le vene, ti butti dalla finestra per scappare dal mostro, non per morire. La morte è una conseguenza.

Non riuscivo a ripetermi: bisogna solo restare sul confine, bisogna solo non oltrepassare la frontiera. Non sfioravo l'idea, presi l'ascensore e scesi al quinto piano: il più alto, dove le finestre s'aprivano. C'era soltanto una ragazza che dormiva con la testa abbandonata su dei fogli, lo schermo acceso del computer la illuminava di radiazioni. Girai la maniglia. Ero decisa a saltare.

Martin entrò, doveva portare dei documenti: «Duna, che fai?»

«Volevo prendere un po' d'aria» risposi. E non era falso: volevo prendere un po' d'aria.

A un certo punto della mia vita, e come per tutti gli eventi che avvengono impliciti non saprei rintracciare con precisione quando, ho sentito che mi mancava l'aria. All'inizio era soltanto un fastidio e ho pensato di poterlo risolvere da sola.

Tornai su con lui. Mi sedetti al mio posto, cercando di mascherare il mio essere sconvolta. Vidi il volo. Il mio corpo in volo, prima dello schianto sull'asfalto. E anche lì, non era la vita a scorrermi davanti, nei suoi momenti più significativi. Vidi una grande luce bianca. Due facce: Mamma e Papà. Il loro dolore contro natura e la mia angoscia nell'averlo procurato. Poi vidi un piatto di spaghetti al pomodoro. Un tavolo mai visto in un luogo di mare mai visitato, un'estate. Noi a pranzo. A ridere. E pensai: come hai potuto, come hai potuto buttarti?

Una tenda. Speriamo ci sia una bellissima tenda bianca. Speriamo non sia la fine. O che la forza di gravità abbia i suoi effetti speciali, inverta la rotta e mi rispari in alto. Rientro dalla finestra. Mi risiedo. I capelli sono un po' spettinati ma è tutto a posto, grazie.

Quindi ero contenta di non essermi buttata. La morte mi faceva schifo. La vita mi piaceva.

Eppure, nonostante questo, ho continuato a dialogare con la fine. Non ho mai smesso, da quel giorno, di farlo. Di pensarci sul serio, e poco dopo aver corso il rischio, di nuovo, per sempre: Mamma e Papà. Una lavanda gastrica o una grossa tenda, un fiume che si fa materasso, fino a una pistola, che invece di puntare me punta un altro uomo.

Un uomo con dei problemi seri. Un uomo declassato. Un uomo con delle responsabilità. Un uomo con troppo fiato sul collo. E una vita che soltanto adesso riesco a definire, senza fingere di crederci, più difficile della mia. Per vincere la retorica di chi nota solo i miei privilegi, ho pensato che non vi potesse essere vita più difficile di quella di una persona intelligente, ben istruita e sensibile. Oggi so che non è così, e scoprirlo mi ha proiettato in un nuovo stato di angoscia febbrile. Ho avuto la febbre per cinque giorni. Mi sono percepita come una lurida viziata qualsiasi. Una timida ragazza che ha preteso d'aver sofferto di interrogativi esistenziali, a causa del suo immaginario illimitato, e che invece ha sofferto soltanto perché non riusciva a esprimersi artisticamente. Una vanitosa divorata dall'insicurezza ma abitata dai minuscoli pensieri dell'ego, che ha solamente sognato di ritrovarsi su un palco, con le mani in platea che battendo forti attestavano la sua vittoria sugli altri. Brava, Duna, ti sei saputa vendere. Possiedi la faccia vincente che mancava a quell'uomo. Sorridi recitando l'imbarazzo che più non hai, quando ti dicono che il tuo grande romanzo sembra essere stato scritto con il sangue o con il cuore in gola.

Ho assistito al fluire secco della stagione e tra i vari esercizi di metafisica in cui sputavo astio su me stessa, il mio sguardo cruento ne ha conosciuti altri volti a prendersi cura di me. Sono stata un'infermiera e guardando il mio corpo smorto sul letto sentivo di doverlo guarire.

9

Mi tuffo di testa nel mio stile libero. Nell'acqua siderale del lago balneabile di Hampstead Heath, corpi intrepidi, d'ogni tipo e d'ogni età, si immergono anche nei mesi invernali. Ora, sotto la volta emisferica ancora fredda, sono cominciati i giorni di maggio, e sulla prateria stanno sbocciando a grappoli i fiori.

Le mie bracciate rapide mi ricordano che so perseverare e che ho sospeso i farmaci. Mi scollo la cuffia dai capelli e mi sturo le orecchie. Se ci fosse una parete di specchio davanti a me, questa mi restituirebbe l'immagine di una ragazza che gocciola acqua, che ha imparato a muoversi senza distruggersi.

Donne e uomini svestiti prendono il sole a proprio agio, sembrano lucertole pronte a smarrire la vecchia coda per chiedere all'estate una parentesi sregolata. Mi sciacquo in una delle doccette esterne. Niente di me mi fa tenerezza. La vita quotidiana ha bruciato e io ho bruciato più forte. Eppure ho ancora un corpo, quindi un passaggio, e ancora una testa, quindi una barriera. Sono in tremenda pace, tra i colori statici delle begonie e delle fresie e le spighe di rosmarino.

Entro nel grattacielo con un discorso preparato nella mente: poche frasi studiate in modo da sembrare naturali. Mi accorgo che quell'uomo ha abbracciato una soluzione irriducibile a causa del licenziamento, mentre al polo opposto ci sono io che mi licenzio, e per un attimo mi sembra fattibile divincolarsi dalla catena di montaggio. Si scappa!

Il capo ha un sorriso da potente anche quando non sorride. Il suo corpo dà l'impressione d'essere attorniato da una teca, è un uomo inafferrabile. Quando mi ringrazia per il mio apporto lo fa per consuetudine, ma quando mi stringe la mano e i nostri sguardi si incontrano sul serio, mi sembra dolce.

Evelyn mi dà un lungo abbraccio, mentre Martin ci guarda e forse una parte di lui si incrina. Decide di accompagnarmi all'uscita e in corridoio mi ripete se sono sicura di non essermi dimenticata qualcosa: il computer, una penna, una felpa, un pacchetto di sigarette? Continuo a fare di no con la testa e vorrei dirgli che non mi sono dimenticata neppure l'amore che è stato in grado di darmi senza riceverlo, ma sorrido soltanto. In ascensore, tace e mi osserva commosso. È la prima volta che sento il suo sguardo scendere su ogni parte del mio corpo, è la prima volta che mi sta spogliando. Gli chiedo se gli piacciono le giacche della Barbour, mi dice che le adora. Tiro fuori dallo zaino la giacca di Clement e gliela regalo. La porta dell'ascensore si apre, nel nostro abbraccio si richiude. Risaliamo al secondo piano e ridiamo. «Non vuole lasciarti andare nemmeno la tecnologia» mi dice. Sale una signora in pelliccia. Io e Martin le copriamo le spalle e quando ci sembra che lei si stia scaccolando, lui fa una smorfia da clown stralunato che mi fa ridere.

Per strada mi infila in tasca un foglietto stropicciato, chiedendomi di leggerlo quando sarò sola. «Oh, buona fortuna» conclude come riferendosi a un sogno. Cammino e sono sicura che lui sia rimasto dov'era, a guardarmi camminare nel mondo fino alla mia dissolvenza. Mi volto e infatti è là. Mi fa il saluto del soldato, gli getto un bacio che lui riacchiappa per poi avvicinare la mano stretta a pugno sul cuore. Lo vedo rientrare nella torre e credo di poterlo considerare l'unico poeta vivente della nostra epoca.

Invecchia la luce verde, spuntano in basso parole deformi.
Se non ci sei, grigio e poco altro,
foglio di tabacco e polmone giallo,
polmone in fiamme.
Arrugginisce la neve, spuntano in alto chiodi di ferro.
Se non ci sei, nulla e null'altro,
panchina con libro e lacrime gialle,
lacrime in fiamme.
M.

Dopo un anno sono tornata al cinema. Ho visto insieme a Gaya *Un altro giro* di Thomas Vinterberg e camminando verso il bar della Soas abbiamo canticchiato *What a Life*, la canzone finale del film, con quel ballo che invita a vivere come se si avesse la certezza che per ogni parola terribile ce n'è sempre almeno un'altra d'amore.

Le nostre tessere sono scadute ma all'ingresso non ci sono i tornelli elettronici, come per la biblioteca: c'è un greco della security, sprovvisto di un sensore, visibilmente poco stimolato dal suo lavoro, e credo che si diverta a veder entrare ex studenti centenari.

Il bar è affollato e io vorrei fuggire. Non ha senso stare qui con nessuno che ci conosce. La fila, che solitamente superavamo perché avevamo amici dietro il bancone, questa sera dobbiamo farla, ed entrambe ci rendiamo conto che siamo cresciute. Al tempo stesso *What a Life*, siamo giovani e vive.

Ripenso a quando, nel luglio del 2019, attraversavo quasi correndo il palco impietoso dei miei quasi ventidue anni, pensando all'insensatezza delle cerimonie, e con riluttanza alla fine. In quel periodo, avevo un ragazzo che mi seguiva negli spostamenti banali della mia vita e mi inviava messaggi di ossessione patologica su Facebook. Quindi, pensavo anche di morire: in piedi, vicino alla mia fila di posti occupati dai laureandi, vidi il mio stalker e mi parve un cecchino. Pensavo che mi avrebbe sparato da lì, sarei morta sul palco. Mi guardavo da dentro, ma era un dentro impotente, probabilmente ondeggiavo. Stringevo con una stretta leggerissima la mano alla rettrice nera. Sorpresa d'essere stata risparmiata, col mio pezzo di carta in mano, provavo del bene per quel ragazzo che aveva soltanto voluto rivedermi per l'ultima volta. Mi scordavo la fatica della tesi e degli ultimi esami. Non più l'acqua alla gola, l'acqua mi sembrava allagare quella sala gremita, pensavo fosse stato tutto molto facile. Abbracciavo calorosamente qualche amico, guardavo gli occhi orgogliosi di mio padre: «Sei la prima donna laureata della mia famiglia», gli occhi poco obiettivi di mia madre: «Sei la più bella.» Indossavo un vestito rosso e scollato, sopra la tonaca tra il grigio e l'arancione, avevo i capelli corti, mamma mi aveva fatto qualche boccolo. Lanciavo in aria il cappello e poi lo riprendevo come fosse un bouquet. Non riuscivo a festeggiare perché mi rendevo conto che il tempo era passato, che avevo speso sedici anni in classe, che era finita la scuola e che Veronica non era più al mio fianco. Nel luglio del 2019, l'avvenire mi aspettava. Ma io mi bloccavo sbalordita dalla mia assenza di obiettivi concreti. Volevo ricominciare la partita da dov'era partita. Volevo non sapere come si legge e come si scrive, volevo l'Abc sulla lavagna. I compiti sul diario, il bigliettino del mio compagno di banco sul banco:

TI VUOI FIDANZARE CON ME?

☐ SÌ. ☐ NO. ☐ NON LO SO.

(METTI UNA X)

Nel luglio del 2019, scoprivo la nostalgia del settembre del 2003 e della X messa con la Bic blu sul NON LO SO. Ora mi sembra soltanto un bel ricordo e sento di potermene costruire di nuovi, per i quali poi provare nostalgia.

Tra i pregi di Gaya spicca l'imprevedibilità, così ora mi sorprendo quando, dopo tanto spingere e attendere, ordina un drink analcolico, qualcosa con il frutto della passione. Usciamo per entrare nella cappa di fumo che fa da cupola invisibile al cortile. L'odore dell'erba impregna i gonnelloni con stampe floreali e i maglioni larghi. Ragazzi lanciano la pallina del ping-pong ad arco e quando centrano il bicchiere quelli della squadra avversaria mandano giù. I discorsi si accavallano in un chiasso di cui, talvolta, riesco a distinguere gli argomenti. *Sliding doors*, amori non corrisposti, dichiarazioni d'intenti già sentite, brindisi alla loro generazione che ha il dovere morale di rovesciare il capitalismo. E il diritto di provare un coma etilico.

Troviamo posto in un tavolo all'angolo. Gaya ha il volto più gonfio del solito, come schiacciato tra due materassi, dei brillantini sulle palpebre e il rossetto nero. Nelle pieghe dei suoi occhi epicantici, un romanticismo scoraggiato. È bella in un modo che non c'entra con la bellezza.

«Credevo sarebbe stato mio per sempre, e in un certo senso sarà così» mi dice.

«Chi?»

«Oliver.»

«Ti ha dato lo scettro?»

«Sì, e sai cos'ho fatto?»

«No.»

«Gli ho detto che prendevo la pillola e mi sono fatta mettere incinta.»

«Cosa stai dicendo, Gaya?»

«Sto dicendo la verità, sono incinta di tre mesi. Io lo amavo e sapevo che dopo un po' sarebbe sparito come tutti, aveva ottenuto quello che voleva, ma per una volta l'ho ottenuto anch'io!»

Le sorrido e mando giù due sorsi della mia Brooklyn. Mi accendo una sigaretta di profilo, cercando di non farle arrivare il mio fumo addosso. Non che in questo posto cambi qualcosa. E noi siamo due delinquenti, ognuna a modo suo. Sospendo il giudizio perché è così che fa l'amicizia.

«Speravo avrebbe riparato sposandomi» mi dice un po' persa e guardando altrove. Lei, fino a oggi più moderna di me, si è rivelata la più antica: sognava d'essere riparata. In comune la coincidenza che i nostri mariti non si sono mai sposati.

«Nessuno ripara più nulla, si butta e si ricompra.»

«Esatto, mi ha bloccato ovunque. Mi sono disperata, ma poi ho trovato una pace, un'ingiustificata pace. Ogni giorno mi ripetevo: non soccombere, Gaya, guardati dentro, sei un po' matta ma sei generosa, sei l'unica cosa umana che puoi conoscere fino in fondo, e non sei più sola. La crescerò senza di lui e senza rancori, è femmina.»

Rubo da quel romanzo: «Speriamo che, al contrario tuo, lei sia stupida.»

Gaya, l'ho già detto, è simpatica perché non si offende mai: «Geniale, speriamo che sia stupida!» Mentre ci avviamo alla festa di un suo amico, mi chiede di fare da madrina al battesimo e, soltanto se mi andrà, di scrivere anche due righe per un discorso.

«Certo, Gaya, scriverò per tua figlia.»

Mi sorride emozionata e mi afferra la mano portandola alla sua pancia non più vuota d'amore. Mi sembra di sentirla calciare. Di lei che è ancora un feto, già conosco la paura e spero possa riuscire a non conformarsi.

Un divano-letto è aperto nel mezzo del salone. Narici vanno e vengono fuori dal bagno, dentro il bagno: sono i cervelli morti della giovinezza che muore tante volte e che non muore mai. Un ragazzo si è arrampicato su quella che credo sia la sua fidanzata stringendole forte il collo con una mano e con l'altra impugna un cellulare. «Come hai potuto fare la troia con Ludvick tuo!» urla. Emulo il gesto di mangiare i popcorn dal bicchiere e Gaya scoppia a ridere. La ragazza lo obbliga a mostrarle il telefono. È euforica quando urla: «È il tuo cazzo! È il numero che hai avuto per due giorni e allora non l'ho salvato!» Il ragazzo è sperduto, riprende il telefono. Scorre la chat, ritorna sul cazzo, m'immagino. Quindi, si guarda dentro. Ha un tono da schiavo, ripete: «Come ho potuto.» Lei è fiera: «Come hai potuto pensare che io ti tradissi.» Lui non sa più chi è: «No, come ho potuto non riconoscere il mio cazzo.» Un amico ride e gli passa una bottiglietta d'acqua probabilmente amara di Md.

Lo spettacolo è stato coinvolgente, dosate la suspense e la violenza, quindi soltanto ora mi accorgo che tra i corpi sparsi sul divano-letto c'è anche quello di Hugo. Continua a portare le basette rock alla Elvis, ma al posto del solito collo di lana blu indossa una camicia bianca con il colletto alla coreana. Ho tentato di salutarlo con affetto, ma lui ha risposto con supponente gelo. Sembrava la parodia di uno sfoggio d'insolenza al punto tale che sono sicura abbia, per più di un attimo, valutato l'ipotesi di fingere di non riconoscermi.

Sarebbe inesatto dire: Hugo è diventato uno stronzo con il successo, che tra l'altro deve ancora dimostrare di aver ottenuto e, nel caso lo ottenesse, di saperlo far durare. Ecco qui la verità, che si scopre un po' in ritardo rispetto a quando sarebbe utile e dirompente: Hugo è sempre stato uno stronzo, con l'unico dettaglio che prima non poteva permetterselo. Ha bevuto un bicchiere di liquido afrodisiaco in grado di sganciargli i freni inibitori e di tirargli fuori lo stronzo che si portava dentro.

Ha trovato l'ambiente perfetto dove scalare e ansimare.

Nessun buio è più potente del buio del cinema. Nessun ambiente più di quello del cinema è un crocevia di vite talentuose e vite assai mediocri. In quel buio, quelle vite sembrano uguali.

Non importa, riesco a non rabbuiarmi per il ridicolo atteggiamento di Hugo e a divertirmi. Parlo con un ragazzo molto abbronzato che mi racconta di essere riuscito a sottrarsi in ben due occasioni alle multe per guida in stato d'ebrezza: una volta impose il suo rifiuto nel soffiare dentro il palloncino dicendo di soffrire d'asma, un'altra sostenne con convinzione di aver soltanto mangiato due babà.

Tornata a casa ho continuato a sentirmi serena. Ho cercato su internet nuovi sviluppi sulle indagini. Con la notizia che archivieranno il caso, ho spento la luce e mi sono messa in ginocchio con le mani giunte.

Io ho peccato contro te, contro te solo, e ho fatto ciò che è male agli occhi tuoi. A te che sei stato scritto il Dio che atterra e suscita, che affanna e che consola, io chiedo la misericordia per non essermi pentita. A te io chiedo di rimettere a me i miei debiti come io li rimetto ai miei debitori. A te io prego di perdonare la mia felicità. Nel nome del Padre, del Figlio, e dello Spirito Santo. Amen.

10

Jesus lavora ad Archer Street, in un ristorante incastonato tra mattoni cremisi. Lo si raggiunge dopo aver superato senza rimorsi il girone infernale di veicoli e gambe saettanti di Piccadilly Circus. E dopo aver, forse, lasciato una moneta nel cappello al rovescio dei ragazzi che ballano in cerchio la break dance; rotolano per aria e sull'asfalto circondati dai cartelloni dei musical commerciali e dagli schermi che trasmettono pubblicità in successione reiterata.

Il bancone in travertino incornicia la cucina aperta, e nell'acciottolio delle pentole e dei piatti mi hanno intrattenuto le dinamiche dei sous chef: la loro fatica bilanciata dalla loro ironia. Si chiama Jesus: è lo chef, giovane, biondo e irlandese. Sa di avere talento e sarei stata ore a guardarlo. Le sue spalle sono larghe e i suoi occhi tra i più belli che si possano incontrare in giro: uno azzurro e uno verde, un errore di distrazione di Dio.

Quando mi ha detto: «Raccontami qualcosa della tua vita», stava soffiando del polline da una rosa su un carpaccio di ricciola marinata al pesto di camomilla, e somigliava al tempo sotto i nostri piedi: spifferi d'aria che corrono e tagliano. «Ma al diavolo quanto hai sofferto e cosa pensano i tuoi genitori» ha specificato sorridendo.

Considerando il momento più interessante della mia vita

inenarrabile con un fiore di zucca croccante alla perfezione tra i denti, dopo qualche frase di circostanza ho guadagnato la sua stima plagiando un romanzo di Don DeLillo: «Non so se riesco a spiegarmi, per me il punto è che... siamo tutti giovani e in gamba e siamo stati allevati dai lupi. Ma il fenomeno della reputazione è una cosa delicata. Una persona emerge su una parola e precipita su una sillaba.»

«Sono d'accordissimo, se anche emergessi sul brasato al barolo ma precipitassi sulle patate al forno non sarei credibile... Ehi, Steven! La ragazza ha qualcosa di fantastico, immediatamente un bicchiere ghiacciato di Sauvignon offerto al numero tre del bancone.»

Dopo aver comprato una sigaretta elettronica identica a una pennetta Usb e annesse capsule alla vaniglia, ho bevuto un caffè da Starbucks. Nel bagno ridotto a una fogna, mi guardo allo specchio scheggiato; indosso una stretta minigonna di jeans, un top bianco, un cappotto nero, leggero e lungo, direi in stile newyorkese, senza sapere cosa possa significare. Rosso scintillante sulle labbra carnose, capelli piastrati e poi avvolti in una treccia. Sono in forma.

Si è deturpato l'intero volto con una lampadina spaccata a metà, il ragazzo che stanno trasportando in barella dalla sua stanza al pronto soccorso. Grida: «Ci mettono il cazzo in bocca e poi ci mandano a dormire!» La dottoressa mi fa un no arrendevole con la testa. Si affretta a chiedermi: «Come stai?» «Bene»: credo si veda, mi riserva un sorriso fiero prima di raggiungere l'ambulatorio.

Una ragazza spiritata, in vestaglia da notte, si impunta davanti alla porta della camera di Alexander per attaccarmi: «Le cose buone che hai fatto, le avresti fatte se non avessi potuto raccontarle a nessuno? Le cose buone che hai fatto, lurida moscerina, le hai fatte per dirle. Te lo leggo in faccia.»

«Mattacchiona, io ho ucciso un uomo. Fammi passare.» L'infermiere che la trascina via ride trattenendosi come se non potesse ridere.

Alex mi trova «incantevole». Commenta i miei abiti e il mio volto per una mezz'ora piena. Indicandomi una parte precisissima della pupilla sostiene che da lì provenga una nuova luce che sprigiono a una velocità che, Dio mio, non è al passo con l'uomo ed è oltre il futuro.

Mi sfida con entusiasmo: «Molto studio, un po' di fame.» Cerco indizi tra gli oggetti attorno e noto una carta argentata di un Kinder Bueno mangiato. Dico: «Kinder Bueno.» Segna sulla tabella un punto, mi chiede come abbia fatto fingendosi adirato. «Non posso dirtelo» gli rispondo. «Se avessi la mia mannaia ti sgozzerei seduta stante» scherza. Ora balla muovendo il bacino come se avesse un hula-hoop. «Un gran bel modo per rovinare amicizie.» Chiude gli occhi competitivi sperando che non la azzecchi e invece io oggi posso soltanto vincere: «Monopoly.» Non vuole più giocare e mi spiega che non ci si può assolutamente più fidare dei controlli all'aeroporto: è per questo motivo che abbondano le ispezioni anali, non fai in tempo ad accorgertene, dice, e ti ritrovi in una stanza con un uomo che infila il suo braccio guantato nel tuo culo. «Il capitalismo della sorveglianza, mi segui?» «Ti seguo» sorrido. Viene colto dalla malinconia quando si accorge che sono quattro anni che non viaggia e che non prende un aereo.

«Vuoi scappare, Alex?»

«Ho bisogno delle medicine.»

«Vuoi rubare le medicine e scappare?»

«Vuoi dare senso alla tua vita aiutando me? Ti elimino! Solo un Dio mi può capire e solo mia madre mi può salvare.»

«Questa è bellissima, scrivila sul quaderno.»
«L'ho già scritta, mi stavo citando.»
«Alex, mesi fa ho incontrato un uomo.»
«Ah no, non ci provare. Non voglio sapere nulla di voi che potete incontrarvi e fare dei figli.»
«Un uomo con una pistola, che mi ha chiesto di ammazzarlo così da permettere alla sua famiglia di ricevere i soldi dell'assicurazione. Per legge il suicidio non è ovviamente accettato.»
«Gli hai sparato?»
«Sì.»
«Non ti credo.»
«Seguimi, se non l'avessi ucciso lo avrei ucciso ancora di più. Si era impegnato facendo torti a chiunque, ma non aveva trovato nessuno disposto a vendicarsi.»
«Sei tornata a scrivere, bastarda, questa è la storia del tuo nuovo romanzo incompiuto. Una ragazza non comune che scavalca l'ostacolo... Forza, ritenta, hai la sconfitta dalla tua, ma resta un tiro di dadi; la sconfitta rende scrittore solo chi scrittore ci è nato.»
«Fa ridere come storia?»
«Non fa molto ridere.»
«Un uomo perbene, improvvisamente costretto a fare soltanto del male. Immaginatelo iniziare risse assurde con brutti ceffi, o fare lo spione denunciando l'abuso edilizio di suo cognato, dare fuoco alla macchina del vicino... oppure, che ne so, tradire per la prima volta sua moglie con la moglie del suo migliore amico. Fa ridere un uomo che non trova nessuno che lo ammazzi.»
«È una disgrazia, fa ridere chi è cattivo.»
«È buono, però, rendersi conto che la netta maggioranza delle persone non ne ammazzerebbe mai un'altra.»
«Non si deve essere degli assassini per essere delle merde... e le merde andrebbero assassinate.»
Il mio castello di carta sta crollando e la mia positività di-

venta ancora più positiva: ha ragione Alex, difatti io non sono una merda. Credo sia arrivato il momento di affrontare l'inaudito.

«Dove l'avevi trovata la mannaia?» gli chiedo.

«A casa di mio nonno.»

«Volevi ucciderci?»

«Sì.»

«Non ti saresti fidato di Nico.»

«Anche tu ti sei fidata di Nico, gli economisti sono spietati. Mi ha neutralizzato.»

«Volevi essere neutralizzato.»

«No, volevo fare una strage. Al contrario del gregge che non può, altrimenti si autodistruggerebbe, e gode nel vedere un superuomo che esaurisce le forze e perde la vita.»

«Superuomo, mi avresti risparmiato?»

«Avrei risparmiato te e Veronica, personaggi minori nella mia lunga storia.»

«Sai cosa pensavo?»

«Sai che non mi interessa?»

«Sbagli, è molto interessante, Alex. Pensavo che ogni tuo aforisma è la dimostrazione che esisti nello schizzo e non nel quadro, escluso quello clinico.»

«La prossima volta porta le spade, le parole a me non fanno mai male abbastanza. Ma gioco e colpisco. L'inferno sei tu perché, in fondo, sei come gli altri. Per scrivere un buon aforisma bisogna saper contare fino a zero. Sai contare fino a zero? È l'opposto del ciarlare.»

«Ti piaceva Veronica?»

«Ma che c'entra? Io volevo continuare a insultarci. Però sì, molto. Ho avuto cinque sogni erotici con lei.»

«Ah, che sorcio!» Sorride mentre raccolgo la carta del Kinder Bueno e cerco di lanciargliela in faccia ma è troppo leggera e cade prima.

«Ecco come sei riuscita a indovinare, tolgo il punto.»

«Non togli un cazzo tu.»

«Io ti sono grato, sai? Ti sono grato per il tempo perso, per il tempo che perdi a stare con me.»

«Non lo perdo, Alex, abbracciamoci.»

«Faccio fatica.»

«Ci siamo abbracciati alla tua festa.»

«Perché lì la vita era bella ma non pretendeva l'applauso. Era bella come una stella o un dipinto. Non come uno spettacolo teatrale o un discorso strappalacrime.»

«Anche adesso la vita non è male.»

«Sì, forse sì. Nulla è grave finché si può dire: a domani.»

«Ti stai citando?»

«Mi sto eccitando», si alza ridendo e spalanca la finestra, «dovrebbero lasciarci fare sesso qui dentro, è chiaro, basta leggere *Isteria e angoscia* di Freud, ma io ho paura anche d'abbracciare una persona.»

Ripenso al nostro unico abbraccio. Aveva stampato e personalizzato gli inviti, il largo anticipo con cui li aveva consegnati aveva generato un'isterica voglia di partecipazione. I molti compagni che erano stati esclusi dal suo spirito elitario schiumavano nell'abisso per racimolare il +1 che li facesse entrare a corte. Le voci nei corridoi per mesi ripetevano dei sentito-dire-in-giro di cui nessuno sapeva rintracciare l'origine: «Ci saranno anche i conti della famiglia reale», «La principessa della Danimarca ha già il biglietto aereo pronto». L'origine era Alexander Roosilyn. Più che un ragazzo, una radice che cercava un terreno di scontro. Festeggiava vent'anni e poi si sarebbe dato alla macchia. Per la missione: costruire il suo impero. L'impero prima dei trent'anni, come Alessandro Magno. Festeggiava vent'anni in una maestosa villa il cui indirizzo sarebbe stato rivelato il giorno stesso. Sul dresscode le guardie all'ingresso sarebbero state intransigenti come il marmo.

Eccomi: abbasso il finestrino dell'Uber XL e mi rendo

conto che stiamo andando in periferia. Me ne frego e guardo il cielo. La luna è ramata rossa, la stiamo mettendo in imbarazzo. Siamo immersi nel pieno di un'eclissi. Una ragazza inciampa nel suo strascico, un ragazzo in smoking l'aiuta. Ci guardiamo, persi a Tottenham Hale. Chi si conosce, si saluta.

Le case a schiera, due bambini giocano a racchettoni come su una spiaggia grigia. Le luci accese di una finestra e dei palloncini tra le inferriate. Ogni aspettativa si deludeva nel brusio che si avvicinava ai nostri passi e i nostri passi che, accorciando la distanza da quell'umile casa, segnavano la fine di un'illusione.

Disorientati dinanzi alla porta socchiusa, la resa definitiva alla vista della polverosa moquette, dell'appendiabiti stremato e di molti cappotti finiti a terra. Due ragazze stonanti con tutto siedono attonite sul divano giallo canarino. La donna indossa i suoi vestiti migliori che, però, non riescono a nasconderne la solita trasandatezza. È rossiccia di capelli, con un naso appuntito. Ci ringrazia per essere venuti, molte volte, chinando leggermente la testa dopo aver guardato negli occhi ognuno di noi. Ogni «grazie» ha il sapore di una scusa, è il grazie di una madre. E lei è la madre di Alexander. Sa che il suo bambino crescendo ha sviluppato un disturbo istrionico della personalità, l'inconscio di lei non sopporta d'aver messo al mondo un borderline. Ma lei è l'unico amore del figlio e il figlio è il suo unico amore.

Eccolo: arriva il mio amico, il grande Alexander. Con l'iguana Bucefalo immobile sulla sua spalla destra, ma ancora viva. Sono spruzzate dello stesso rosso della luna le sue guance. È felice e fiero, lo sguardo geniale, vicino all'ebetismo. Perché ci sono tanti colori da distinguere nell'arcobaleno dall'autismo al genio, oppure ogni genio è anche ebete.

È cordiale con tutti e mi ringrazia vivacemente per il mio

regalo: un orologio personalizzato con incastonato il Sole di Verghìna, sedici raggi di splendore macedone che gli verranno rubati una mattina nel bagno della biblioteca universitaria, quando lo poserà sul lavandino adiacente a quello dove si sta lavando le mani.

I flûte sono di plastica contro l'ambiente e la madre ci rincorre per riempirceli di uno scadente vino bianco in scatola; ci rimpinza di salatini e spesse fette di salame: «Mangiate, ragazzi.» Mangiamo perché dobbiamo crescere.

Siamo stretti contro il muro che suda e se questo salotto fosse un ascensore si bloccherebbe all'istante. Strisciando come serpenti eretti raggiungiamo il giardino, ovvero un minuto spazio di piante, mattonelle marroni e lunghissima vita alla menzogna.

Noi ridiamo e troviamo le parole per spiegarci ogni mistero senza litigare: famiglie, galassie, animali, politiche. Alexander si limita principalmente a guardarci, è la sua post-verità. Consegna le stelline di capodanno a tutti gli invitati chiamandole «fuochi d'artificio». Dopo aver gridato d'accenderle, viene da me e silenziosamente mi abbraccia. Mi tiene stretta poggiando la testa nell'incavo della mia spalla.

Mi rendo conto che è il nostro primo abbraccio, non ci eravamo quasi mai sfiorati e ogni volta che avevo provato a farlo per salutarlo, Alex aveva finto di doversi grattare la testa o di aver sentito un rumore di quelli che ti fanno voltare.

Guardo il cielo per la seconda volta. Siamo immersi nel calare di un'eclissi. Londra non fa piangere le nuvole contro ogni previsione meteo. I titoli di coda scendono, inesorabili, sulla strada del ritorno. I ragazzi ci danno le loro giacche per le nostre spalle scoperte. Qualcuno si bacia, qualcuno calcia una lattina e qualcun altro piscia su un muro. Alexander ora è solo in camera ad appuntare i risvolti del suo esperimento sociale. Noi siamo ubriachi nell'arancione di un'alba che somiglia al tramonto, in cerca di un kebab. È la mia generazione e quella notte fu bella e pura, rispettosa della chimera. Nelle ceneri di un'epoca dimenticabile, con un'eclissi storica da ricordare.

Pochi giorni dopo, muore Bucefalo e Alexander gli dà degna sepoltura scavando per ore un'enorme fossa in giardino; il giardino diventa una fossa. La madre alle sue spalle, ammutolita, lo lascia fare e come me sta attenta a non finirci dentro. Alex indossa un completo gessato nero preso in affitto, ha svuotato l'acquasantiera di una chiesa e ora annaffia, stringendo gli occhi con la dignità che la prova richiede, ripetendo: «Ex abrupto.»

Pochi giorni dopo ancora, c'è una rissa al bar universitario. Una roba della comunità musulmana: uno ha offeso l'onore della sorella di un altro. I praticanti, dunque, scendono per la prima volta nel sottosuolo e i boccali da birra li usano per spaccarli in testa al peccatore e ai suoi amici che sfoderano, come se non aspettassero altro dalle loro vite, dei tirapugni già infilati sulle dita. Ivor, lo studente che gestiva il bar, campione di Mma, con una lacrima tatuata sullo zigomo destro, solitamente interveniva, ma quella sera li lascia massacrarsi a vicenda e corre da me: «Alexander è stato trovato dalla polizia in stato confusionale, ha attraversato London Bridge nudo, completamente nudo. Duna, lo aiuti tu?» *London Bridge is falling down*, ma non casca mai. È solo un ragazzo che si è sforzato di indossare vestiti eleganti ogni giorno e che ha passato la vita chinato sui libri in biblioteca. È solo un ragazzo a cui è stato rubato un orologio ed è morta un'iguana. È solo un ragazzo che cammina nudo. E ci aiutiamo insieme. Cosa avete da guardare?

Nessuno ci guarda, se non due poliziotti dallo specchio retrovisore centrale della loro macchina, in cui ho già trovato Alex con una coperta addosso e sono salita inevitabilmente anch'io. «Sostiene che gliel'abbia consigliato Alessandro Magno» sghignazza il più anziano. «Ero libero» mi sorride Alex, che sta cominciando a disancorarsi dalla norma. Poi, come realizzando adesso che non siamo soli, si rivolge agli uomini in divisa: «Se stiamo andando in prigione non mi allaccio la cintura, sarebbe stravagante.» Li convinco a lasciarci andare, ammorbandoli: «È solo un ragazzo che è stato frainteso, è solo un ragazzo che vuole scandalizzare una popolazione che non si scandalizza più, è solo un ragazzo... stravagante, vi supplico!»

E, infine, dopo ventiquattr'ore, Alexander irrompe nel cortile del bar. Ed è il pazzo che si agita. Fa roteare due grandi ventagli rossi. Con enfasi da mago, crea un vento invisibile e inquieto che prima del suo arrivo non c'era... È vestito come uno strano soldato o un assurdo pagliaccio. Ci dice che moriremo tutti, questa notte, perché siamo giovani e già traviati. Tira fuori una mannaia della Santa Inquisizione.

Quando viene disarmato, si accartoccia per terra sfinito. Tra le risatine generali, ci sono io che piango, e il rumore martellante della sirena di un'ambulanza che incombe. Trattengo un pensiero: povero Alex che voleva ammazzarci, poveri noi che ci ammazziamo da soli ogni sera. Piomba il silenzio, e c'è Veronica che lo riempie: dice d'avere la memoria danneggiata, ma promette che questa notte la ricorderà.

«Ho risparmiato tutti tranne me stesso» mi dice dopo un lungo silenzio confidenziale grazie al quale capisco che anche lui ha ripercorso la sua esistenza.

«Alexander, non so come dirtelo, ma io ho veramente ucciso un uomo.»

«Me l'hai detto e io sarò sempre un tuo complice.»

Accende lo stereo e ascoltiamo *Oh Mary* di Neil Diamond dedicandoci a vicenda, nel suono religioso della chitarra acustica, il verso: «*Non legarmi a parole in cui non credi.*»

Decidiamo di uscire nel piazzale della clinica e passeggiando Alexander mi guarda intensamente per dirmi: «Tu puoi fare tutto.»

«Fottiti Alex!», gli do uno scappellotto sulla nuca e lui finge un dolore enorme che non c'è.

Comincio a correre e giochiamo a nascondino. Poi ci accusiamo d'avere, lui per me, io per lui, palesemente il fiatone più grosso.

Ordino su Deliveroo, da un ristorante fusion, due birre Sapporo, noodles, involtini primavera e ravioli cinesi. Alex è gioioso di cenare con me, era da molti mesi che non mi trattenevo con lui fino a sera e non me l'ha mai fatto pesare. Ha soltanto atteso che risuccedesse.

Il ragazzo in bicicletta con lo zaino termico sulle spalle è stravolto, comprenderei se la smettesse di farsi sfruttare e si facesse esplodere. Si guarda in giro perplesso e non capisce quale sia la casa. L'indirizzo che ho digitato gli prospetta davanti una clinica psichiatrica. Gli vado incontro e lui si rassicura. Se tardano c'è chi ha il coraggio di votare un punteggio basso alla consegna. Gli lascio cinque pound di mancia e l'imperativo categorico rimane il solito: deve crepare il sistema!

Il buio non è ancora calato, a Londra non cala mai del tutto ma il cielo si incupisce presto. Questa, invece, è una sera luminosa che, biancheggiando, sembra estiva. Alex solleva la lattina della birra, la solita pellicina salivosa gli copre lo sguardo. Fa un brindisi: «Alla salute, senza scordare quella mentale. Alla bellezza che è una corsa struggente, una corsa contro il tempo. Al tempo che dura quanto gli pare e sempre meno della paura. Alle grandi avventure umane che appaiono incoerenti solo ai limitati. Al fatalismo che ci può rendere taglienti e imbattibili. A te, Duna, e a me, Alexander.» Sto quasi per commuovermi, ma lui non me lo permette. Detesta le lacrime in pubblico, si sbriga a chiedermi: «Hai mai visto il funerale di un cinese?»

«No.»

«Ovvio, perché non li celebrano. Si sbarazzano dei corpi e usano i documenti dei morti per rimpiazzarli con altri cinesi. *Cui prodest?* A chi giova? Questa è la domanda che ci dobbiamo fare quando cerchiamo di intercettare le dinamiche del mondo.»

«Quando vado in lavanderia è pieno di ragazze cinesi.»

«Ruttano?»

«Ruttano, ma soprattutto bevono degli strani succhi mentre ancora masticano.»

«Indecente. E si stanno comprando il mondo. Poi non stupiamoci se la gente impazzisce.»

«È veramente meschino da parte tua. Tu sei impazzito per colpa dei cinesi?»

«Sono impazzito perché non sono un cinese. Loro hanno forza, sono un popolo la cui diligenza mi mette tenerezza. Non hanno dei progetti esclusivamente personali, hanno sempre in testa, anche se vivono qui, la loro nazione da servire. Beati loro, Duna, beati loro.»

Finita la cena, trascorsa con la mia risata intonata alla sua, condividiamo la mia nuova sigaretta elettronica. I nostri corpi si attenuano nel vapore e confondendosi si abbracciano per due minuti di cui Alex ha contato i secondi. Gli rubarono l'orologio, lui ha il tempo.

Pedalo e la forza centrifuga delle strade si inserisce nei sentieri del mio essere frammentato, riempiendolo di lucciole artificiali e di un'inusuale energia senza ansie, senza inettitudini, un'energia animale. Sento la mia unica irripetibilità al mondo ed è la sensazione più violenta mai provata fino a oggi, ai limiti di un delirio di onnipotenza, sul margine del dolore di un parto. Un'ombra sta calando su di me, ma è migliore dell'ombra di chi alle spalle ha lasciato feriti.

Giro la chiave nella serratura, lanciando gli occhi ovunque come un gatto scettico. Se qualcuno adesso mi uccidesse, potrebbe anche essere giusto ma non è più desiderato. Potrei essere il disegno irriverente della vignetta di un fumetto, una suorina che nasconde un mitra. In sintesi non sono più la stessa, la stessa da quando sono nata: una mente disordinata incapace d'agire.

Ora sto frugando tra gli scaffali della libreria e mi ricordo che l'I Ching è sotto il letto. È rimasto indecifrabile e sottolineai soltanto la frase: «Sei all'inizio, significa: "Contemplazione puerile."» Mi hanno sempre turbato le fini, e oggi, contemplandomi serenamente da fuori, penso: sono all'inizio.

11

È una bellissima giornata di vento e di sole. Supero le colonne bianche con alla sommità due svolazzanti bandiere britanniche e ad arco, tra una colonna e l'altra, la grande insegna di lampadine gialle che di notte si accendono dentro le lettere contornate di luce rossa. Cammino sul legno del molo e guardo la costa. Mi lascio ingoiare dall'ampio porticato che si trova a metà altezza sul pontile di Brighton Pier. Immagino le donne dell'aristocrazia, intrappolate in aderenti corsetti e gonne rese ancora più gonfie dalla rigida crinolina a gabbia che le sorreggeva, provare fitte allo stomaco quando si sedevano sui divani nella sala della lettura e mascherarle composte. Parlare della regina Vittoria nella sala da tè, con i loro guanti corti di pizzo che lasciavano libere le dita per afferrare tazze di porcellana.

Non mi interessano le slot-machine, mi piacerebbe fare almeno un giro sull'autoscontro, ma è una di quelle attività che reputo impossibile portare avanti da sola: dovrei andare addosso a persone sconosciute, perlopiù bambini, ed esultare. Assorbo l'aria salata e in un chiostro ordino un fish&chips e una gazzosa. Giungo alla fine del pontile dove due statue di cavalli bianchi segnano l'ingresso del luna park. Gli schiamazzi che provengono dall'hotel degli orrori e dalle montagne russe si aggiungono a quelli dei gabbiani che planano sul mare.

Camminando sulla sabbia scura di Hove mi imbatto in una lunga serie di cabine colorate e in uno skatepark affollato di ragazzi a petto nudo che mi sembrano acrobati, una piccola laguna e un bar dove bevo un caffè e capisco perché a Brighton sono stati girati tutti i primi film di produzione inglese: c'è luce vera, qui.

Mi siedo a gambe incrociate in un punto deserto della spiaggia. Il pontile che ora ho davanti è il West Pier, di cui rimane soltanto uno scheletro di palafitte che si ergono dal mare. La passerella è scomparsa, bruciata in un incendio poi inghiottita da una tempesta. Sembra il rudere di un tempio o di una pagoda. Dopo essere sprofondata nell'immagine di questa carcassa, un brivido intercorre per le mie gambe e arrivando alle mani le fa tremare.

Non posso più rimandare. D'improvviso tossisco sangue. Con un calcetto ricopro di sabbia quelle gocce. Un sapore di ferro mi impasta la bocca, a passo svelto m'incammino.

Sotto un grande murales raffigurante un uomo pelato che gioca a scacchi con i carri armati, accanto ai negozi vintage di North Laine, fermo un taxi. Non mi faccio lasciare all'indirizzo preciso, ma a circa un quarto d'ora di distanza a piedi.

Mi sto inoltrando nel retro della facciata sgargiante che tocca il mare, lontano dal mare, separato dal centro da una vasta pianura e un ippodromo.

Basse case a schiera color marrone, tutte uguali, i cui muri interni sono solitamente di cartongesso e le moquette di un grigio che si è scurito negli anni, si estendono, su entrambi i lati, per una lunga via a due corsie che si incurva a forma di biscia. Vi sono aiuole vicino alle porte e qualche albero. È da un'ora e mezza che aspetto.

Ingurgito un sussulto quando una ragazza con il volto scialbo apre la porta. Ha i capelli mori tagliati corti alla maschietta e degli occhi ambra e infossati. Indossa dei jeans a zampa di elefante e un'aderente maglietta rosa, regge un borsone da sport. Ho la tachicardia. Scende velocemente i tre gradini che la separano dalla strada e sembra venirmi incontro. Sto per svenire.

Si interrompe un po' prima e si infila in una Ford Fiesta parcheggiata di fronte a me, dopo avermi guardata con aria interrogativa ma senza chiedermi nulla. Accende la radio e alza il volume quando si accorge che è Beyoncé. Canticchia e non va via. Spazientita preme tre rapidi colpi di clacson. Sul polso ora noto il tatuaggio di una lettera. V, V di Victor, il nome del padre. Abbassa il finestrino e urla due nomi piuttosto comuni: «Robert! Tom!»

Si appende al clacson. Mi abituo al rumore, guardo il cellulare. Faccio qualche minuscolo passo avanti e indietro. Due gemelli che avranno non più di tredici anni corrono verso la macchina. Indossano pantaloncini e scarpini da calcio e la maglia del Liverpool. Due lievi creste biondicce e gli stessi occhi della ragazza. Sono vicinissimi a me ora che litigano su chi deve sedersi davanti. La sorella li minaccia d'andarsene e mima una manovra che non compie. Una donna si affaccia per rimanere sul pianerottolo. Un fisico che delicatamente si è lasciato andare, un volto bello e tenace, segnato da una tenue malinconia. Ho la sensazione che sia una donna straordinaria, o così mi piace pensare. Grida la soluzione: «Tutti e due dietro!» I gemelli salgono dicendo qualcosa in uno stretto accento inglese che non capisco. La ragazza toglie il freno a mano e sgomma via. La signora mi esamina con aria diffidente ma anche lei non mi dice nulla. Abbasso lo sguardo. Lei rientra in casa e si getta l'assassina di suo marito alle spalle. Cammino fino a una fermata dell'autobus e quando mi siedo sul sedile del primo che è passato, piango. È una bellissima giornata di vento e di sole.

12

Il capolinea mi ha portata lì dove non si può non credere in un Dio che si fece uomo e che all'uomo si arrese. La vita si ridimensiona al cospetto dell'universo o si presenta come un intermezzo sperimentale. Percorro il sentiero che si inerpica sull'estesa collina di un verde mai interrotto che mi circonda ovunque. L'ossigeno cala a mano a mano che si sale. Respiro. La meta è il faro che scorgo. Sono in cima alle scogliere di un bianco gesso brillante che cadono a picco sul Canale della Manica. Le onde oceaniche infrangendosi mi inglobano dentro i suoni di un'enorme conchiglia esposta al vento, che tira fortissimo. Socchiudo la bocca e non ho voglia di trovare la voce. Questo è l'effetto della bellezza. Imbambolata, ancora non mi spiego come la bellezza non sia riuscita a salvare Veronica.

La grande amnesia l'ha divorata. Ma negli anni si è impegnata a costruirmi così tanti ricordi come geroglifici sulle stele della nostra preistoria. Bastava li bruciasse in anticipo e fosse un po' meno originale nelle incisioni. Una mentitrice sofisticata rifiuta il vivere comune in nome di quale grande verità?

La vita attorno a lei era di un luccichio che impallidisce e quando, un pomeriggio, le lessi alcune pagine di un libro, mi chiese di ripetere più volte quel passo in cui Foster Wallace scriveva che da una crociera extralusso, più che da ogni altro posto, vien voglia di buttarsi in mare. No, non poteva salvarla neppure il benessere ereditario.

Prima di immaginarla in corsa sul suo motorino da cui cade a capriola per l'eresia qualunquista di uno stop non rispettato. Prima di desiderare uno squillo che svegli la mia notte peggiore. Prima di sognare il suo funerale. La chiesa gremita di facce che conosco soltanto a metà, strette di mano in religioso silenzio, abiti scuri. Il tonfo di invidia femminile che cade sull'altare, morta la più bella. Io che cerco la fuga nel cammino inverso a quello di una sposa, ma mi ritrovo, per dovere, accanto alla sua bara. E faccio un discorso, di cui poi diranno qualcosa come «troppo breve» o «feroce» o «me l'aspettavo diverso». Prima di pensare che anche Veronica sembrerebbe aver vissuto la propria vita come una candela nel vento e quindi si meriterebbe, come Lady Diana, d'avere Elton John che le canti: «*Your candle's burned out long before, Your legend ever will.*» Prima di agognare un senso nella Fine e starnutire per la polvere che questa alza e ti fa mangiare. Prima eravamo qui. E lei era la penombra di un commiato che, però, si sarebbe ostinato a vivere senza di me.

«Quando arriva?» le chiedo.

«Al tramonto» mi risponde.

Il sole si è inabissato nel mare scuro da un'ora, ma non riesco a contraddirla perché non mi sembra più lei. Veronica indossa un lungo vestito bianco e sopra un piumino. Ha l'aculeo di un istrice a fermarle la crocchia dei capelli che, in genere, teneva sciolti. Non scherza con quell'ironia capace di farmi arrossire come al suo solito. Non vaneggia per le sue interferenze con la luce dentro e il buio attorno, o viceversa. Nel suo nuovo modo di vestire e nella nuova patina diafana che ora noto attorno all'azzurro dei suoi occhi, mi sconvolgo alla vista della sua inaccessibilità.

«Perché non hai più un cellulare?» le chiedo.

«Non mi serve» risponde.

Il suo telefono sempre vibrante di notifiche, pieno di foto, segreti, conversazioni, pieno di un tutto che adesso le deve apparire terribilmente vuoto e mediocre.

«Perché non ti trucchi più?» le chiedo.

Non mi risponde, si volta e apre un sorriso totale su di un uomo che cammina senza fretta verso noi. Lo stesso sorriso totale che io e lei ci siamo scambiate ogni giorno da quando quel giorno la ghiaia dell'asilo ci unì. L'uomo mi saluta cortesemente, ha già rubato l'anima di Veronica e può permettersi di non scappare al mio sguardo perduto. È brutto. Occhi scuri e piccoli, labbra fini e naso aquilino. Una cicatrice impassibile, che sembra il taglio di un coltellino, percorre il mento. Soltanto i capelli sono belli, racchiusi in una morbida coda castana. Indossa una tunica bianca e non sembra avere freddo. Il corpo è tonico e i gesti sono leggeri. Viene dall'Est Europa ma parla italiano. Non ho mai saputo l'età. Sapevo che io e Veronica avevamo ventun anni e che lui sembrava averne almeno venticinque in più.

«Lascio l'università» mi dice.

Non ci faccio troppo caso. In due anni non aveva mai frequentato le lezioni, si era trasferita a Londra e iscritta alla Soas soltanto per continuare a vivere con me.

Ora è l'uomo che parla e Veronica tace. Lo ascolta annuendo come una bambina un po' scema. Io non mi lascio ingannare, le sue frasi apparecchiate sono quelle di un manipolatore violento e non di una guida spirituale. Scandisce: «Saṃsāra, la vita è una ruota e procura sofferenza. Ma nel grande viaggio ambire al Nirvana, dove nulla esiste e tutto è limpido.» Guardando il paesaggio, finge di pesare le parole in ellissi sulle sue capacità extrasensoriali: la telepatia e la chiaroveggenza.

Con la stessa forza con cui sento il mio cuore stringersi, vorrei stringere la faccia dell'unica persona che ero sicura non avrei mai perso, darle due schiaffi, gridarle: «Svegliati! Stai per buttare gli anni in cui dobbiamo costruire. Non addormentarti, Veronica. Svegliati!» Ma a seguire quest'istinto, il saluto conclusivo giungerebbe adesso. Dovrei essere più conciliante: «Guardalo, per te è stato cucito su misura un costoso vestito da calvario. E ti chiedono: "Non sei contenta?" Guardaci, siamo accumunate dalla difficoltà di vivere in quest'epoca: siamo meno furbe e ingorde del richiesto, siamo più disturbate e strane del previsto. Ma anche se c'è più di un motivo per starsene a piangere, tu alle macerie sai opporre mille nuovi muri, quindi mille nuovi scopi; e io so essere il contrario di una materialista, so mettermi a studiare, quindi il Nirvana possiamo raggiungerlo insieme. Oso immaginarlo: abbiamo seguito la via lattea puntellata di gocce di sangue che andavano formando stalagmiti, e ora ci guardiamo, celesti e dondolanti, nella seta che non aderisce al mondo, e ora che siamo due scie luminose, non sono un cruccio i tempi e non lo è neppure il tempo; guardalo, è tutto davanti, noi non ci sprecheremo.» Sarebbe solo un modo per rimandare l'ineluttabile, e non sarei sincera fino in fondo. Dovrei essere onesta: «Veronica, io mi vergogno con tutti ma non con te. Io so che il cuore procede per ricatti e che pensarti non è poi così diverso dal fissare il mio ombelico e chiedermi se c'è qualcuno che non mi abbia mai tradita. Io non so come farò a reggere le botte che sicuramente mi attendono senza la tua risata. Non vedo te che ti allontani, vedo una parte di me che mi abbandona.»

Non dico nemmeno una parola e tengo nascosta l'agitazione, mi muovo con prudenza nei loro sguardi complici. Recito una certa ammirazione subalterna a ogni spiegazione didascalica dell'uomo, che però è intuitivo. Non è questione di misticismo e neppure di sensibilità, è soltanto la furbizia di chi sa individuare le vulnerabilità dell'altro. Poco fa ha paragonato le persone a dei vasi di coccio e ora percepisce che nelle mie crepe lui non può infilarsi. Non potendo reclutarmi, può solo sbarazzarsi di me: «Sei strana» dice, «non stai dalla nostra parte.»

«Qual è la vostra parte?» chiedo.

Si prende il suo tempo, riordina i capelli di Veronica. Le porta qualche ciocca caduta sul viso dietro le orecchie. Mi terrorizza vedere il dominio scambiato per affetto, ma anche questo cerco di non lasciarlo trasparire.

«Noi siamo anacoreti» dice l'uomo, che poi chiedendomi se conosco il significato di tale parola tenta di proseguire la messa in scena nella parte del maestro. Il maestro elementare. Per un lampo, il lampo finale, riconosco Veronica: «Duna è una scrittrice, lo conosce sicuramente» mi sorride. Rispondo che non sono una scrittrice ma che so il significato di "anacoreta". Purtroppo lo so.

> Dal lat. tardo *anachoreta*, gr. ἀναχωρητής – In senso ampio, chi, abbandonando la vita attiva e il consorzio degli uomini, si ritira in solitudine per dedicarsi alla preghiera e alla vita ascetica.

Non si può essere anacoreti insieme, al plurale; dovrei dire questo e invece sposto lo sguardo sull'orizzonte: uno stormo di uccelli neri invade il cielo e nel mare alligna una cupezza nordica che sprigiona un'aria pulita e fredda. Siamo in montagna, penso. Con Veronica io ho saputo definire non soltanto, come sempre accade, il primo incontro primo, ma anche l'ultimo incontro ultimo. Intuivo che non l'avrei più rivista. Il vento si conficcava nell'epidermide della mia pelle e scintillava la speranza che un'onda anomala li inghiottisse per sempre, poi un bel giorno chissà, un bel film d'amore; o che il mare potesse eroderli come aveva fatto con le rocce creando il Canale. L'uomo l'aveva erosa e di lei adesso rimanevano soltanto gli scarti di una potenza annullata.

Avrei dovuto allontanarmi e chiamare la polizia. Ma il plagio è un reato che parla d'amore e viaggia sulla linea, sottile fino all'indistinguibile, tra il libero arbitrio e il soggiogamento. Per la legge Veronica era una maggiorenne capace d'intendere e di volere, che a un giudice avrebbe soltanto spiegato la sua personale scelta di felicità. Probabilmente aggiungendo: «Che mi frega se gli altri non capiscono.» Io avevo capito tutto, ma non potevo fare nulla. Mi trovavo catapultata nel regno dell'indicibile, il fatto è grave ma le prove non sussistono: le parole rimandano tutte ad astrazioni, e in fondo se qualcuno ci rovina non è perché ci cambia il carattere; non si diventa mai chi non si poteva diventare. Tra le vocazioni di Veronica c'era anche questa possibilità e io non avrei mai potuto farle qualcosa che ai suoi occhi sarebbe stato inteso come un torto.

Subisco il lutto. È il mio passato. Le resto fedele. Sconfigge il futuro. Non importa, le resto fedele.

Compaiono nuvole fuligginose e Veronica esala la sua ultima domanda mentre mi abbraccia: «Mi vuoi ancora bene?»

«Sì.»

«Anch'io te ne voglio.»

Si intensificano il vento e il buio. Io adesso sto sul treno diretto a Londra. Il viso spiaccicato sul finestrino. Con una solitudine mai provata prima d'ora osservo l'accavallamento delle gallerie, della sterpaglia, fino ai pezzi di città. Veronica sta svanendo nei boschi della Bulgaria con il santone. E il suo corpo che avreste voluto toccare si volatilizza.

Sono passati tre anni e mi ritrovo sull'identico treno, con il mio percorso accidentale e un passato non ordinario. I miei occhi si muovono a scatti alla costante ricerca di una vista periferica. Sì, forse non sono più normale. Ma non credo sia tutto perduto; siamo forze in lotta, e ognuno fa i suoi interessi per nulla neutrali.

Prendo il computer dallo zaino e lo posiziono sul tavolino che ho reclinato. Apro un documento vuoto, lo intitolo *menodramma*. Ho una storia da raccontare.

Muscoli dopati stretti in una camicia che sembra costosa e che io non potrei permettermi, mi guarda con il futuro dalla sua parte e mi schiaccia. La mia esperienza in questa azienda lo lascia del tutto indifferente. È arrivato da un anno e in un anno è diventato il capo. Mastica una gomma e fuma una Juul. Il fumo denso mi arriva in faccia con un sapore di tabacco mischiato al mango. Non muovo neanche un dito per invertire la corrente tossica. Fingo che non mi dia fastidio. Sto fermo e vengo liquidato. «Abbiamo bisogno di facce vincenti»: con questa frase un uomo ha cominciato a morire. Voi non c'eravate. E se c'eravate, avete chiuso gli occhi.

13

Era l'alba poco fa, erano le sei in punto. Ho guardato il sole dardeggiare mettendosi lentamente in posa sotto l'impalcato del Tower Bridge, nel mezzo perfetto tra le due torri.

La città si sta spogliando delle sue coperte, ma è ancora quasi deserta. Sono passati alcuni runner e degli operai. Il silenzio asciutto dà la curiosa impressione che a Londra non piova da anni. Alle sei e mezza hanno cominciato ad aprire i bar. Mi sono seduta su una panchina e ho continuato a scrivere.

Un signore in abiti sgualciti mi ha osservato a lungo dal finestrino della sua roulotte malmessa, io ho fatto finta di non rendermene conto. Ora si avvicina e mi consegna un tulipano di un fucsia vellutato che sembra finto, ma odorandolo il fiore è vero. Quando lo ringrazio, lui mi riserva un sorriso evasivo. In fretta, affinché l'immotivata gentilezza non venga fraintesa, supera la fontana che ci divide e rientra nella sua roulotte lasciando aperto lo sportello, con le gambe magre che penzolano nel vuoto.

Alle sette rischio d'addormentarmi. Entro da Caffè Nero, dove compro due cantuccini e due espressi macchiati. Mi avvicino al signore nella roulotte e mi sdebito. Quando mi ringrazia, io gli riservo un sorriso evasivo. In fretta, affinché l'immotivata gentilezza non venga fraintesa, incastro il tulipano fra i capelli e salgo sulla bici.

Pedalo. Nel quartiere di Waterloo vengo assorbita da un bagliore fulgente. Mi sento l'atomo di un cristallo. Stacco le mani dal manubrio e allargo le braccia al vento mite, all'odore dei cibi, al traffico. Mi faccio il segno della croce tagliando un cumulo in aria di anidride solforosa. Attraverso il Blackfriars Bridge due volte, andata e ritorno. Una scossa di un cavo elettrico e rosso, lungo cinquecentocinquantaquattro metri. Freno. Il tulipano cade a terra come un indizio che nessuno coglierà. Cammino spingendo la bici.

È ancora mattina presto.

Senza titolo

Non importa se sia una storia di giovani terroristi o di giovani terrorizzati: tra pochi anni nessuno si ricorderà di loro, quell'aura da prescelti, lo stile sfacciato di fuggitivi alla moda, e uno strano pudore che, però, non conosceva vergogna. È una storia senza genitori, anche se molti sono figli di qualcuno. Sono destinati a vincere, ma ne usciranno sconfitti. Ogni capitolo racconta una notte fino all'alba trascorsa nel cortile della Soas University di Londra, ed è un venerdì, anche quando non lo è: un ragazzo che irrompe con una mannaia, conversazioni su Dio, leggersi la mano, finire alle mani, confidenze, accuse, fiducia, sospetto... Notti come tagli nel noioso piano sequenza della vita quotidiana, notti di avventure e di tragedie sfiorate ma mai consumate fino in fondo, notti in cui il segreto umano è un dolore che quando affiora fa soltanto ridere, notti che partono leggere: gli studenti hanno sempre qualcosa da bere e qualcosa da ridire, si sentono vivi e fanno sembrare facile avere sia uno spirito che un corpo. Ma la certezza di trovarsi nel cortile giusto al momento giusto rischia di farli diventare contenitori per luoghi comuni. La maggioranza li odia e li invidia: chi è senza un futuro invidia chi si permette d'essere senza un passato per il solo gusto di pensarsi nuovo. Bisognerebbe abituarsi alla libertà di guardarli così, da vuoti, quei contenitori, forse sceglierne uno fra loro, superando moralismi per dilatare una notte a un'intera vita. Ma questo è un romanzo corale, perché c'erano tutti: i violenti, i gentili, gli insicuri, i viziati, i matti, i teppisti, i pedanti, gli ipocriti, i sinceri, i tossici, i lucidi, gli ideologhi, gli anarchici, i buoni, i maligni, i timidi, gli estroversi, gli assetati, i soddisfatti. E Duna Solenni ha voluto sceglierli tutti. E tutti erano amici e quasi nessuno lo sarebbe rimasto. Chi leggerà sarà contento di non essere mai stato uno di loro. Peccato che non si possa leggere un romanzo incompiuto.

Ringraziamenti

Esprimo la mia gratitudine a Chiara Valerio, Rosaria Carpinelli, Luca De Michelis, Benedetta Senin, Giulia Pilotti, Claudio Panzavolta.

Grazie a mia madre e a mio padre, a Pietro, Anna e Cesare.

Stampato da
Grafica Veneta S.p.A., Trebaseleghe (PD)
per conto di Marsilio Editori® in Venezia

EDIZIONE	ANNO
10 9 8 7 6 5 4 3 2 1	2023 2024 2025 2026 2027